白井ムク
插畫：千種みのり

其實是繼妹。③

～總覺得剛來的繼弟很黏我～

Kadokawa Fantastic Novels

彩頁、內文插畫／千種みのり

contents

序章

Jitsuha imouto deshita.

時序進入十一月，在理應覺得早上很冷，懶得離開被窩的那一天——

「嗚嗚……嗚嗚……嗯？咦——啥————！」

我沒有醒得神清氣爽，根本是被嚇醒。

「晶，妳怎麼睡在我的被窩裡！」

我不記得有同意讓她睡在這裡。明明沒有同意，繼妹（妹妹）晶卻在我的被窩當中縮成一團，理所當然會被嚇到。

「唔嗯……老哥……我還想睡啦……」

這個**起床惡作劇**的本人卻揉了揉惺忪睡眼，一臉訝異地盯著我看，接著又若無其事地把被子蓋上，開始睡——

「——給我起來！」

「……幹～嘛？」

「少裝無辜！妳為什麼睡在我的被窩裡！什麼時候來的！」

說到溫泉，當然就是……！
老哥，要不要認真來一場？
其實是繼(妹)妹。
3
～總覺得剛來的
繼弟很黏我～

欸，老哥，我們
看起來像不像
一對情侶？
應該像吧。
咦!?
真嶋涼太
Majima Ryota
高中二年級生。
一開始誤會繼妹晶是弟弟，
結果兩人的感情急速變好！
就算全家人第一次出門旅行，
也一刻都無法放鬆！

姬野晶
Himeno Akira
高中一年級生。因為媽媽再婚，
而成為涼太的繼妹。
喜歡涼太，
每天都在追求他。
出來旅行反而
變本加厲！

涼太學長
剛才也在泡湯嗎？
上田陽向
Ueda Hinata
高中一年級女生，
晶的同學。
涼太的朋友光惺的妹妹。
她思念的對象會是……？
與戲劇社合宿撞個正著……！

老哥，快看！
有好多企鵝！好可愛～！
在水族館，感覺就像約會。

老哥，就是這裡喔。
我和爸爸的回憶之地。

場面話
咦～？我跟老哥睡同一間房間嗎……
真心話
（……跟老哥睡同一間房間耶～欸嘿嘿♪）

因為房間內很冷，晶用被子把自己包得像一隻蓑衣蟲。

看起來非常可愛，但現在可不是光用可愛就能蒙混過關的狀況。

她這個起床惡作劇，就某種層面來說，比起床泰山壓頂更惡質。我這個當哥哥的，已經快嚇破膽了。

「這個嘛，我是來叫老哥起床的。」

「……好，然後呢？」

「然後你睡得很香。」

「……然後呢？」

「我就鑽進你的被窩裡。」

「……還有呢？」

「我也睡著了——好，故事講完。」

「呃……喂！喂喂喂——！妳完全沒解釋到耶！」

「老哥，一大清早精神很好耶。」

「妳以為是誰害的？誰害的啊！說到底，妳就是——嗚噢！」

晶的手突然伸向我的脖子，把我拉到她面前。

我的身體因此失去平衡，直接撞上枕頭，晶的臉瞬間近在眼前。

她不發一語，以水潤的眼神看著我。

「妳、妳幹嘛啦……？」

「別問了，再睡一下吧。」

「不對，等等。妳的意思是，現在繼續跟妳睡嗎！」

「對。老哥就是我的抱枕～」

「喂，臉靠太近了！不要蹭我！天已經亮了，要起床了！清醒一點！」

「枕頭不可以亂動啦～」

晶的力量比想像中還要大，一旦掙扎，她就會使出更多力氣壓制。

奈何不了那驚人的吸引力，我只好放棄抵抗——說是這麼說，並非死心放棄，而是為了趁她大意時開溜，絕對不是因為她很溫暖、很柔軟、很甜美，又有一種讓人靜下心來的香氣……我是說真的。

「……晶小姐，小的可以問個問題嗎？」

「好，請說。」

「妳今天怎麼這麼愛撒嬌？以前從來不會隨便鑽進我的被窩吧？」

「你還問。老哥，不知道今天是什麼日子嗎？」

什麼日子？是什麼紀念日嗎？只有我忘記，但是個很特別的日子？

「我不知道，麻煩賜教。」

「今天是文化節喔。」

嗯。

…………

……………所以咧？

「今天是文化節，跟妳鑽進我的被窩有什麼關係？」

「妹妹鑽進哥哥的被窩裡，這是很正統的日本文化吧？」

「哦哦，原來如此——喂！妳把日本文化當成什麼了啊！」

「好啦好啦，別管那麼多了～一起睡吧～」

一大清早就傷透腦筋。

今天明明是熱愛自由與和平，並享受文化的日子，但我這個繼妹實在太自由奔放、太和平、太可愛了。

可以如此享受這種文化嗎？不，我不行。

「這對哥哥的心理健康實在不太好。」

「別糾結這種小事啦。」

「不不不不，這件事很大吧……」

晶似乎不想再說下去，深深鑽進被窩中，臉還不斷磨蹭我的胸膛……然後睡了回籠覺。

她怎麼會這麼愛撒嬌，又這麼貪睡啊？這下更傷腦筋了。

——然而，就在這個時候，我聽到有人走上樓梯的聲音。

那道腳步聲慢慢來到我的房間前，最後甚至傳出敲門聲。

「涼太，醒了嗎～？」

宇宙中存在著不察言觀色、不會察言觀色與不想察言觀色的人。舉例來說——

「就算你沒醒，我也要進去嘍～」

——就是一個名叫真嶋太一的我家老爸……

慘了！要是被他看到！

下一秒，我採取的行動——

「我有點事想跟你說……呃，既然你醒了，就回個話啊。」

「啊……嗯。抱歉，老爸……」

我現在是坐起身子，雙手放在身後撐著床，並彎起被子裡的腳。

從老爸的角度來看，只會覺得我把被子弄得像帳篷一樣，不會覺得不自然。

但其實被子裡——呈現我把晶的頭壓在我的腹部，身體則是夾在我雙腳中間的狀態。

簡單來說，是個一旦被子被掀開，我就會完美出局的狀態——

「因為我正好要起床……」

「算了，既然你醒了，那正好。」

——我努力要瞞過老爸的眼睛。

「我就直說了，高興吧！有個大消息喔！」

要是有比繼妹鑽進哥哥的被子裡還大條的消息，我確實會驚訝，但現在沒有信心能真正釋出訝異之情。

就當作孝順父親，姑且裝作很驚訝吧。

「什麼大消——呀！」

「嗯？你怎麼了？」

「啊……沒有，我沒事——」

——這傢伙幹嘛摸我的肚子啊！

我忍不住瞪著被子。

好不容易笑著蒙混過去，卻因為身體一陣癢，忍不住發出怪聲……看來晚點要說教了。

「所、所以是什麼大消息？」

「你想嘛，你的學校在勞動節那幾天，不是有四天連假嗎？我跟美由貴也剛好拿到連假了！」

「是、是喔……所以？」

「事情就是這樣，走吧！」

「走？去哪裡？」

「家族旅行啦，家族旅行！來一場三天兩夜的溫泉之旅吧！」

「溫泉……家族旅行……？」

「哎呀，好期待啊～！所以現在馬上去客廳集合！你順便去叫醒晶吧！」

老爸只說了這些，叫了一聲「呀哈～！」後，再度跑下樓。

然後隨即傳出跌落樓梯的聲音。

「呀啊！太一！你沒事吧！」

繼母美由貴阿姨發出尖叫，我卻更傷腦筋了。

因為——

「呼喵……老哥的腹肌硬邦邦……嗚嘿嘿嘿～♪」

——如各位所見……

繼妹趴在我的肚子上，整個人睡昏頭，一臉沉醉。

所以我要跟有點遺憾的老爸以及有點少根筋的繼母，第一次全家人一起去旅行，舞台則是溫泉勝地嗎？

這些因子全混在一起，只覺得一定會發生什麼大事件。

第1話「其實是溫泉熱氣戀慕事件簿① ～KN的悲劇～」

隔天十一月四日，星期四。

「『我們出門了。』」

我和晶一如往常，一起走出家門。

才剛開始往前走，晶馬上挽著我的手。最近已經不太在意她這樣的舉動，其實也是因為逐漸習慣了，不過一想到要是被鄰居看見，還是很膽戰心驚。

「跟老哥去旅行♪跟老哥泡溫泉♪」

晶看起來迫不及待要去家族旅行，一路上抓著我的手甩。感覺就像要去遠足的小學生。

她從昨天一直是這副德性。這麼期待是件好事，但這份興致能持續維持兩週以上嗎——

「老哥要穿什麼衣服去？要穿什麼？」

——嗯，以她來說，感覺可以呢。

「就快入冬了，要去的地方也很靠近山，我會穿暖一點的衣服吧。」

「那我也這麼做。欸嘿嘿嘿，好期待喔～♪——啊，可是可是，下半身要穿什麼啊？果

然應該穿牛仔褲嗎～」

說實話，我也很期待。

老爸選的家族旅行地點是「藤見之崎溫泉鄉」，是很受歡迎的外湯（註：外湯指的是不在溫泉旅館內的公共溫泉）觀光地。

可以穿著浴衣，腳踩木屐走在溫泉街上，自由造訪七大外湯。

這條溫泉街也深受文豪——富和田甚太喜愛，因此保留了過往的風情，現在還是電影和連續劇的外景地，外國觀光客也非常喜愛。

完全是我會喜歡的地方，本來就想去一次了。

光在腦海想像，內心就雀躍不已。

不過我真正期待的是——

「——難得去旅行，還是穿裙子……可是太冷了吧。但牛仔褲也……怎麼辦啦？要穿什麼啊～！」

我偷偷看著笑得合不攏嘴的晶。

忍著一不小心就會笑出來的衝動，決定思考其他事。

對了，昨天晶有說，她曾經和親生父親建先生去過藤見之崎。

不知道那裡實際上是個什麼樣的地方？

「妳說有去過我們這次要去的地方吧？大概什麼時候去的啊？」

「我想想，六歲的時候吧。升上小學之後不久去的。」

「哦～去過之後，覺得怎樣？」

「我們其實不是去觀光啦。因為爸爸要拍戲，我只是跟著他出外景而已。而且不是住溫泉旅館，是商務飯店。」

——經她這麼一說，我才想起她之前有說自己沒泡過溫泉……

「那還真是可惜啊。要是住溫泉旅館就好了。」

「嗯，好像是預算之類的問題。而且爸爸演的是被害人，根本是小咖，才會這樣吧？」

「……呃，建先生演的不是犯人啊？」

比如對著快跌落懸崖的人，還不斷踩人家的手的那種人……

誰教他的外表那麼凶狠。我稍微反省自己有這種先入為主的想法。

「那是我跟爸爸最後一次在外面過夜的回憶。」

「呃，那妳跟美由貴阿姨呢？」

「頂多是回媽媽的老家住吧——這麼說來，我從沒跟爸爸還有媽媽三個人一起旅行。」

「這樣啊——」

氣氛慢慢變得有點灰暗，我急忙擠出笑容。

「——那就更期待這趟旅行了。這是妳第一次泡溫泉，去的地方是妳跟建先生的回憶之地，然後又是家族旅行。」

「嗯～這也是原因之一啦～……」

「嗯？不然還有什麼期待的因素嗎？料理之類的？也對啦，聽說有很多好吃的東西。」

「我也很期待吃的啦，可是覺得旅行重要的不是去什麼地方，而是跟誰一起去啊——」

晶說著，用力拉過我的手，臉頰也貼上來。

「——跟最愛的哥哥一起旅行，這才是我最期待的事情。」

隨後，晶一句話也不說，抓著我的手繼續往前走。

我一邊走著，一邊煩惱該怎麼回話。

「那個……晶，妳不覺得今天很熱嗎？」

最後好不容易擠出一句話，聲音卻毫無當哥哥的威嚴，整整高了八度。

「呃……這樣我很難走耶。」

「…………」

「我說，晶，妳有在聽嗎？」

「…………」

「晶，什麼都好，真的什麼都好……」

不發一語實在太難熬了。

我們的氣氛好到根本不像一對兄妹，因此更難熬……

「妳說句話吧……」

晶看到我心慌的模樣，開心地呵呵笑著。

＊＊＊

我們走出結城學園前車站的驗票閘門後，和上田兄妹會合了。

我馬上把老爸**毛遂自薦的企畫**告訴他們，結果妹妹陽向雙手合十，滿臉洋溢著笑容。

「哦～好好喔～！一家人一起來場溫泉之旅，真是太棒了！」

明明身處寒冷的天氣，陽向卻一大早充滿朝氣，連我看了都變得很有精神。她真的是個好女孩。

走在她身邊的哥哥光惺，則是一臉事不關己，說了一聲「是喔」之後就不再有反應。

與自己無關的事，基本上就不會付出任何關注——這就是這名金髮帥哥王八蛋的特徵。

總之先不管光惺的態度，我接著開口詢問上田家的家族旅行。

「陽向，你們家每年都會一起出去旅行吧？去年好像是去沖繩？」

「對！非常好玩喔！啊，不過我們是冬天去的，所以不能游泳……」

陽向一臉遺憾地苦笑。

——沖繩啊，我以後也想去。不知道正宗的沖繩紅燒肉和沖繩排骨麵吃起來是什麼樣的味道？難得可以去，還想探訪歷史。

「那光惺覺得沖繩怎樣？」

「嗯？沒什麼啊，普通。」

……我承認。

是我笨，不該「正常」問這傢伙感想。

只見陽向嘆了口氣，拉過光惺的制服衣袖。

「哥哥嘴上這麼說，玩最瘋的人明明就是你。」

「喂，我什麼時候玩瘋了？」

「你前一天就說自己『睡不著～』不是嗎？」

「那是因為我討厭坐飛機，才睡不著啦！」

「都坐過好幾次了，根本沒問題啊。你還會怕坐飛機嗎？」

「那麼大的鐵塊飛在空中耶！要是掉下來該怎麼辦啊！」

——喂喂，說飛機是鐵塊……

「再說了，在飛機裡興奮大叫的人是妳吧！」

「因為從天上看風景，很開心啊！」

「要是鬧太凶，飛機會墜落耶！」

「飛機才不會因為這樣就墜落！」

「好了好了，你們都到此為止。」

我像平常一樣居中緩頰，看來上田兄妹還是老樣子沒變。

常聽人家說，愈吵感情愈好。這對兄妹吵架，其實也不用費心理睬啦。

陽向「咳咳」地清了清嗓子後，又是滿臉的笑容。

「涼太學長每年都會跟爸爸兩人去旅行吧？」

「是啊，跟家族旅行比起來，反而比較像兩個男人一起旅行。我們每年都會去溫泉勝地走走晃晃。」

「兩個男人一起旅行，感覺好好喔。讓人很憧憬。」

「根本是很苦悶啦。不過今年——」

我瞄向晶，正好和她四目相交。

我們不發一語，彼此對看。視線過了許久都遲遲無法挪開。當我們以眼神互相傳送「幹嘛？」、「怎樣啦？」的訊息後，總覺得有些難為情，這才互相錯開視線。

「今、今年是家族旅行，所以我好期待！」

「對、對啊，沒錯！我也好期待家族旅行喔！」

因為我剛才已經聽到晶的真心話，所以這句話聽在上田兄妹耳裡，或許顯得很刻意吧。

回過神來，發現上田兄妹面無表情地看著我們，同時開口說：

「「是喔～～……太好了（真是太好了）。」」

他們兄妹倆好像有話想說，但我還是別自找麻煩了。

＊＊＊

話雖如此，事件或事故都是不知何時會找上門。

放學後，我像平常一樣打開戲劇社社辦的門──

「呀哈──────！」

——隨即看到一幕異樣的光景。

總覺得社辦比平常還吵，原來是我們戲劇社的社長西山和紗，正一個人在社辦中央興奮地跳著，其他社團成員都以冷冷的眼神守著她。

——呃，這感覺好像似曾相識？

昨天有個和她一樣興致高昂的人，後來似乎摔下樓梯了……

總之感覺有點可怕，我根本不敢主動呼喊她。

取而代之地去找看著西山苦笑的副社長伊藤天音。

「嗨，伊藤學妹。我就直接問了，西山怎麼了？」

「真嶋學長，你好——其實是因為教師會議中，正式承認我們社團可以繼續運作了。」

「哦～那很好啊。所以她才會自己嗨翻天嗎？」

「不，不光是這樣——」

當伊藤才剛說了「其實」兩個字，西山總算發現我的存在，開口說：「啊，這不是真嶋學長嗎！」

接著她來到我身邊，抓住我的雙手開始上下甩動。

「真嶋學長，成功了喔！總算成功了！我們真的做到了！」

「好痛，關節，好痛，要脫臼了，好痛，放手，好痛……」

「你聽說了嗎！已經聽說了嗎！」

「呃……我剛聽伊藤學妹說，社團可以繼續運作——」

「那請你再開心一點嘛～～！」

「好啦，我也想好好開心一下，所以放手……」

我說完，西山才隨著一句「啊，真是抱歉」放開我的手，然後改用手指指著我。

「然後然後～我要告訴真嶋學長一件大——消息！」

——怎麼覺得昨天也有聽過這句話……

正好這個時候，晶和陽向打開社辦的門走進來。

「妳們來得正～好！」

她們雙雙眨了眨眼……唉，這很正常。

「和紗，怎麼了嗎？」

當陽向這麼問，西山隨即露出「妳問得好」的表情。

我望向晶，只見她一臉搞不懂發生什麼事的表情，但也只有那麼一瞬間。

「學校正式認可我們社團能繼續運作了，所以要舉辦一場合宿集訓！」

西山大聲如此宣布。

「呃～妳說的合宿，是指那個合宿嗎？」

我戰戰兢兢提問，結果西山又指著我說：「沒錯！就是合宿！」

「要去哪裡好呢～現在這個季節，實在不適合海水浴，如果是滑雪，東北地方已經可以滑了吧～」

西山興奮不已，她已經不管我和其他戲劇社成員了。

——真好，有辦法獨自這麼興致高昂。話說回來，合宿的內容就這樣好嗎？照理來說，不是應該過夜然後練習嗎？

「西山，辦合宿是很好，可是要辦在什麼時候？還有舉辦的目的是什麼？」

「學長問合宿的目的，那當然是促進社團成員的感情啊。為了演戲更有默契，不覺得有必要更了解彼此嗎？」

——為了促進感情，是嗎……

「如果要去海水浴或滑雪，那根本不用合宿，當成旅行不就得了？」

「是合宿啦！因為是戲劇社一起去啊！」

「……真心話是？」

「如果用『合宿』這個名目，交通費就能從社費出了……欸嘿♪」

——這傢伙怎麼耍這種小聰明啊……

「一——————定不行啦！學生會不可能同意啦。」

「關於這點，就拜託深得學生會信賴的天音去交涉了～」

當西山轉頭看著伊藤，伊藤瞬間被突然丟給自己的話題嚇得說：「咦！我嗎！」

可不能讓伊藤做這種可憐事。

「將社費挪為私用，戲劇社可能因此受抨擊，所以不行。旅費、交通費都要自己出！」

我語帶責備地說完，西山這才掃興地回答：「好～啦。」

不過正如西山所說，伊藤很適合與人交涉事情。

她個性認真又善於變通，不只學生會，老師也很信賴她，只要好好交涉，想必會輕鬆答應我們的要求——但如果之後東窗事發，感覺很可怕。

照理來說，既然校方已經認可我們社團繼續運作，就不能為了這種事冒險——之後好好跟西山談談，讓她確實理解這件事吧。

「那西山，妳打算什麼時候舉辦合宿？」

「從十一月二十日開始的四天連假！到時候不是有六日、結城學園創校紀念日，還有勞動節這四天連假嗎！我們就用星期日和星期一，辦個兩天一夜的——」

當下，我和晶面面相覷，發出「啊……」的聲音。

「西山，抱歉。那天我們全家要出去玩……」

「所以不能參加。和紗，對不起……」

我們愧疚地這麼說，西山聽了很失望。

她已經問過其他社團成員的安排，結果大家都只有這兩天能去。

順帶一提，陽向沒有任何行程，所以只有我和晶不會參加。

「西山，抱歉了。難得妳想到這個活動。」

「沒關係，既然是家族旅行，就請你們把家人擺第一吧。」

「大家不要在意我們，要玩得開心一點喔。」

「好。晶、真嶋學長，謝謝你們——啊，不過下次請一定要參加喔！」

我說了一句「有機會再說吧」，合宿的話題就到此為止——看起來是這樣。

「總之我會去學生會問問看，能不能申請交通費吧！」

「……慢著，妳有聽到我剛才說什麼嗎？」

「當然有聽到啊！所以我想說，如果不能先斬後奏，事前詢問應該可以吧！」

「可是妳這樣——」

「事情就是這樣，天音！」

「咦！我、我嗎！」

話題又突然丟到伊藤身上，她再度被嚇到。

「我一個人很不安，陪我去問吧！拜託妳！」

「好是好，可是就像學長剛才說的，應該不行吧～？」

「不可以在行動之前就認定行不通！太陽還沒西沉啊！」

——噢，是《奔跑吧，梅洛斯》嗎？

話說回來，如果梅洛斯是為了合宿的交通費而奔跑，總覺得好小氣，好討厭。好歹為了更大的目標奔跑啊。

「好了，各位，我和天音去一趟學生會，你們先做發聲練習吧！」

西山幹勁十足地起身，就這麼意氣風發地準備衝出社辦。

「和紗，等我一下啊！」

「跟我走吧！斐洛斯脫拉德！」

「啊，和紗！前面危——」

梅洛斯．西山不聽伊藤的勸告，逕自往前衝。

梅洛斯．西山受到莫名其妙的巨大引力拉扯，以比太陽快十倍的速度奔跑，結果——

「嗚嘎啊————！」

——一道以偌大衝擊力道摔倒的聲音，隨著慘叫傳來……

我猜她一定是沖昏頭。甚至忘記通往社辦的走廊上貼著一張紙，上頭寫著「剛打蠟」。

「呀啊！和紗！妳沒事吧！」

我還是覺得同樣的事情，昨天也在家裡上演過……

總之——

不准在走廊奔跑，梅洛斯。

＊＊＊

當天回家的路上。

「唉～我也好想去合宿喔……」

陽向、晶還有我三人走在回家的路上，晶突然這麼說：

「我也很期待家族旅行，可是跟大家一起合宿也……嗚嗚嗚～要是有兩副身體就好了～」

看到晶如此懊悔，我和陽向彼此對望，然後露出苦笑。

「我懂妳的感覺喔。我也好想跟妳還有涼太學長一起去合宿喔～」

「反正西山都說下次絕對要大家一起成行了，到時候還有機會啦。」

「是這樣沒錯啦……」

我用眼角看著依舊一臉不滿的晶，內心其實覺得有些安心。

畢竟社團成員中，只有我一個男生。

多虧晶，我對女孩子已經多少有些免疫力，但要跟七個女孩子一起玩兩天一夜，這實在有點……該說讓人卻步，還是覺得尷尬？總之有點抗拒。

如果以後還有機會合宿，到時候該怎麼拒絕呢？

但讓七個女生去合宿，我又很擔心。而且我們的社團顧問老師是石塚老師，他還兼任羽球社的顧問，是個不怎麼關心戲劇社的人……

再加上我也很在意西山會不會爆衝。

不過其他社團成員都很正經，是覺得不會出事啦……

身為社團唯一一個男生，再加上是學長，我就像這樣一直煩惱著和演戲無關的事。

「老哥，怎麼了？」

「涼太學長，有什麼煩惱嗎？」

回過神來，晶和陽向一臉擔憂地看著我。

「沒有啦，只是有點擔心的事……」

晶反問擔心什麼，我就老實說出自己在煩惱戲劇社現在處於只有一個年長男生的狀況。

「這樣啊……原來涼太學長很在意社團裡沒有其他男生啊。」

「還以為你一個人泡在女孩子堆裡，樂昏頭了呢。」

「陽向，謝謝妳……晶，至於妳，等著回家被我說教吧。」

我是希望至少再來一個男生，但這個時期實在無法期待新人加入社團。

「對了，那我哥哥——不行吧……」

「光惺不行吧……」

我和陽向雙雙嘆了口氣。

光惺還要打工，一年級的時候，他還說「社團活動煩死了」，所以事到如今不會想加入社團吧。

說到底，「演戲」和「舞台」根本是他的禁忌詞彙。

光惺小學四年級的時候，曾經突然放棄連續劇的童星工作。

電視圈人人搶著要的天才童星「上田光惺」——如今已成了過去式，但他放棄演戲，似乎有他自己的理由。

我曾經問過一次，他卻只說「有不好的回憶」……

表面說詞是「要準備考國中」，可是說到真正的理由，不只我和陽向，就連他們的爸媽都不知道，是只屬於他一個人的祕密。

所以他之前在花音祭短暫復出，可說是特例中的特例。

當時我們表演《羅密歐與茱麗葉》，最後我和陽向的吻戲——因為自己太沒用，整齣戲面臨停擺。光惺為了幫陽向，只能上台。

那時光惺的表情沒了平常的慵懶，而是以嚴肅認真的模樣——

『她是我的女人！』

拋出這句話。

他跳上舞台後，接二連三說出只有帥哥才有資格說的做作台詞，並裝模作樣地用公主抱把陽向從舞台上擄走。

唯有一件事，始終讓我耿耿於懷。那就是他下台前說的話。

『你可別以為自己可以左擁右抱喔。再見了——』

左擁右抱？晶跟陽向嗎？

他是不是把我跟哪個桃花朵朵開的人搞錯啦？

我們國中就認識了，應該知道我不是那塊料。

那他為什麼要說那種話呢？

我很在意，所以之後去問了光惺，結果他叫我自己想。

受不了，既然說了這麼多，就不要把最重要的部分全推給別人啊。就算他再怎麼擅長做事隨便，如果是重要的事，就要更——

「老哥，怎麼了？」

「學長，你又在想事情了嗎？」

我說了一句「沒事」，並擠出笑容。

「對了，光惺最近又開始忙了吧？」

「對。期中考結束之後，就一直在打工。」

其實也是因為我開始玩社團，已經有好一陣子沒跟光惺一起放學回家了。

他六日也忙著打工，除了早上上學和在學校相處的時間，跟他說話的機會一下子減少了很多。

「對了，上田學長在做什麼打工啊？」

晶這麼詢問陽向。

「在物流中心分貨。」

「什麼？好意外！還以為會是ＫＴＶ或餐飲業。」

「他說這種工作的時薪比較高。而且他討厭接待客人。」

這我也聽光惺說過。不過——

「可是哥哥存這麼多錢，要做什麼啊？」

——我因為陽向這句話，發出一道疑惑。

「存錢？光惺嗎？」

「對。哥哥沒用那筆錢，一直存著。」

——太怪了。

他明明跟我說買衣服和飾品要花很多錢，所以錢根本不夠用。

他為什麼非得騙我？又或者是在騙陽向？

不過陽向說不定會擔心，我還是先別說出來吧。

「這樣啊。他果然是個認真的人。大概是為了以後存錢吧。我也得向他看齊了……」

「但我覺得也因此耽誤到課業了。唉～～」

陽向大大嘆了一口氣，我和晶只能苦笑。

＊＊＊

當天晚上，我和晶一起玩最近剛買的「終極武士3」（首賣限定版：附中澤琴公仔）。

晶操縱的還是她的愛將中澤琴。她在「終武3」依舊存在。

至於我，則是操縱「終武3」的隱藏角色「暴走慶喜」。

為什麼會加上「暴走」二字呢？

根據晶手上的《終極武士3設定資料集：地之書》所述——

——德川家代代受到沒能成功統一天下的第六天魔王織田信長的詛咒所苦。

但慶喜下定決心，要在自己這一代終結這個詛咒。

他當上德川第十五代將軍後，主動召喚信長的亡靈，並勇敢地與之對戰。

然而信長的亡靈抓準慶喜優柔寡斷，被人戲稱「三心二意殿下」的弱點，直接附在他身上，蠱惑他的心。

慶喜在忠義與邪念的狹縫間失去理性，陷入狂暴狀態，不顧家臣們的反對，同意大政奉還，隨後捨棄將軍的地位，消失在暗夜當中——就是這樣。

……雖然槽點很多，比如為什麼德川家非得被信長詛咒不可——但幕末時期的慶喜，其實也有諸多苦處。

反正他在遊戲裡，威力和速度不必說，連一般指令使出的招式威力也高到犯規的地步。

所以一旦在遠端對戰時使用這個角色，對手絕對會不爽，是個犯規角色。

既然如此，我為什麼還用慶喜呢？

這還用問——因為我很弱！

「欸，晶——看招！」

「幹嘛——嘿咻！」

「要是我說——等、慢著——我、我想打工，妳會怎樣？」

「不行！」

「啊啊——！為什麼？」

「你還問——嘿咻！」

當下，我受到近距離強力拳頭攻擊，然後——不用多說，就是一連串連續技，最後再發動中澤琴的超必殺技「貳式・百花繚亂」。

『——居然在戰鬥中色慾薰心，愚蠢……』

中澤琴切入鏡頭後，整個畫面花瓣飛舞，並出現「九十九斬」這個莫名其妙的連擊數，接著中央浮現大大的「勝負已分」四個字……慶喜，抱歉了。

「可惡……暴走慶喜也不行嗎……」

「但也有攻擊到我啊——這不是重點啦！」

晶抓住我的肩膀。

「你不可以去打工！絕對！禁止！」

「為、為什麼啊？妳沒必要說得這麼絕吧？」

「要是你開始打工，不就沒辦法像現在這樣陪我了嗎！」

只見晶嘟起嘴。

「呃……我會陪妳啊，大概吧……」

「不～對，你絕對會說『我今天很累了』，然後就背對著我睡覺！」

「……慢著，妳這是哪一對夫妻的對話啊？」

可以的話，希望不是我們的爸媽……

「再說了，妳說的這句話，根本是以和我一起睡覺為前提吧——還有，禁止早上鑽進我的被窩。」

「我拒絕！」

「不准拒絕！虛心接受啊！」

我在傻眼之中這麼說，結果晶再度鼓起腮幫子——才剛這麼想，她卻像一隻被放在紙箱裡拋棄的貓一樣，用水汪汪的眼睛看著我。

……說到這個繼妹，實在是——

「用這種眼神看我也沒用。還有，就算開始打工，也會陪妳啦。一定陪。再說了，我頂多只會應徵兩、三天的短期工讀啦。」

「我反倒想問，老哥為什麼這麼想打工？」

事實上，因為雙親再婚，我們家的財政狀況比以前好很多了。

美由貴阿姨說我和晶都很乖，所以她能夠放心工作。

老爸的公司在電影美術圈中算是中堅公司，收入還算好。他自己也說：「錢的事，我會想辦法，不用擔心。」

我有想買的東西，他們也會買，零用錢也有一定的金額，所以我和晶才能像這樣，悠悠哉哉生活——總之如各位所見，可以說是沒有打工的必要。

「你也想像上田學長那樣存錢嗎？」

「沒有啦，只是有個想買的東西。」

「你想買什麼？」

我抓了抓鼻子。這種話說出來，實在很難為情。

「之後不是勞動節嗎——我想說，以前都沒對老爸表示過什麼，現在還有美由貴阿姨，所以想買禮物送他們……」

我說完，晶睜大眼睛。

「老哥，你好棒，好帥……」

「沒有啦，只是稍微耍個帥……」

被晶一誇獎，我顯得更害羞了。她說完，好像也想到什麼——

「那我也去打工看看好了……？」

然後這麼說。

「哦，妳也想試試看嗎？」

「嗯，我想試試看！」

我們聊著聊著，「終武3」第二回合的限制時間已經結束，即將進入第三回合。

第二回合與其說平手，其實應該不算數——來到第三回合，我和晶再度專心看著螢幕。

「所以了——看招——！要開始打工了！」

「嗯！啊，不過我想跟老哥一起！」

「既然這樣──啊，可惡──！有個好地方喔！」

「哪裡？」

「我去年也在那邊做過──這招怎樣！」

「有一套耶，老哥！」

「對吧？可別小看──暴走慶喜的能力！」

我成功輸入指令，暴走慶喜切入畫面──

『──交出你的靈魂──────！』

──這句話完全不像將軍大人會說的話，不過超必殺技「皇家相機閃光．暴」因此發動了。

這是一種拿出照相機，把對方的連擊積分奪為己用，而且還不能防守的狠招──可是完蛋了……

當時的相機要花一點時間拍攝……原本以為這款遊戲沒有必要還原到這種程度，結果招式還是隔了一點時間落差才發動。

晶可不會放過這個最大的空隙。

「嘿咻！」

她輕輕鬆鬆欺近我的懷中，在一記近距離大拳之後，又是那個連續技——接著再次使出「貳式・百花繚亂」，完美ＫＯ我。

『——我不會委身下嫁比自己還弱的人。想要我，就來打敗我。』

中澤琴的經典勝利台詞飄著濃濃的挑撥味——話說回來琴帥啊，您的衣著是不是比「終武２」還清涼啊？

「欸嘿嘿嘿，又是我贏了～♪琴帥最強～♪」

「可惡……又輸了……」

我們一邊聊天一邊玩，晶還是游刃有餘……果然贏不了她。

「可是你有打到我了啊，再玩一次吧——還有，暴走慶喜的超必殺技，還是用『終結幕末（The end of）：喰』比較好喔。」

「拜託，認真討論打工好嗎……」

後來，我們開始討論打工事宜。

我說的「好地方」，是老爸的熟人任職的工廠。

今年春天在老爸的介紹下，去那邊工作過，對方說可以隨時聯絡他們。

工作內容是很簡單的裝箱作業，不需要特別的技能。工資當天就會發放，只做一天也沒問題。

重要的是，那裡的人都很親切，記得他們很用心教我做還不習慣的工作。

晶現在還有一點怕生，這樣的工作應該比服務業更適合她。

不過我還真有點想看晶笑著接待客人的模樣。

如果她在簡餐店、便利商店或是女僕咖啡廳——不不不不，不可能讓陌生人看到晶打扮成那樣……這是身為哥哥的堅持。

「那我打電話問問看吧。」

「第一次打工耶～光想就好緊張～」

「我是覺得妳應該沒問題啦。」

「老哥也會陪我，一定沒問題♪」

「唉，好啦，妳能這麼想，我很高興啦……」

晶咧嘴一笑——

「請多指教了，涼太學長♪」

然後抱住我。

「呃～晶，妳這是在學陽向嗎？陽向可不會突然抱人喔～喂，有聽到嗎～？喂——」

話說回來，晶什麼時候才會離開哥哥，自己獨立呢？

總覺得就算出社會，我們的互動依然會是這副模樣。

算了，那樣或許也不錯——這是我現在的想法。

11 NOVEMBER

11月4日（四）

我從昨天開始，就一直興奮不已、心臟狂跳！

大消息，我們全家人要一起去旅行了！

要去藤見之崎溫泉，其實是跟爸爸去過的地方。

那裡離對我而言很重要的地方很近，
可以和老哥一起去，真的好高興～！這果然是命中注定吧？

現在已經開始猶豫要穿什麼去了！這種時候，果然還是應該穿裙子吧？

可是現在這個季節有點冷，所以還在煩惱。

對了，有一件可惜的消息……

旅行的日子跟戲劇社合宿的日子撞期，所以社團那邊不能參加了……

如果以後有機會，我還想去，可是老哥好像不喜歡只有女孩子成群出遊。

的確是這樣！

一想到如果要跟一群男孩子出遊，我可能也不喜歡……

但我還是想跟老哥一起參加合宿活動……

總之為了老哥，也希望男生成員可以增加～

另外還有一件事，「老哥帥氣傳說」又多了一件！

他說要在勞動節的時候，送媽媽和太一叔叔禮物，人也太好了吧？

還想特地去打工，用自己賺的錢買禮物！

真的對老哥好心動！

老哥就像這樣，很重視自己的家人，
但等我們結婚，他還是會這樣對我嗎……

不行，一開始妄想，我的嘴角就會失守……

太愛老哥了，實在很不妙！

為了把這份心意化為有形的事物，明天也要鑽進老哥的被窩！

第2話「其實是溫泉熱氣戀慕事件簿② ～在溫泉旅館～」

十一月二十一日，星期日。

時間來到家族旅行第一天的早晨，我們真嶋家難得四個人一起走出家門。

老爸和美由貴阿姨融洽地挽著手走在前面，我和晶則是跟在後方，一起前往車站。

說實話，我很緊張。

之所以會這樣，是因為晶今天的打扮非常好看。

第一次看她打扮成這樣，頭上戴著貝雷帽，上半身穿著溫暖的毛線針織外套，下半身是裙長及膝的裙子，腳上穿著平常不會穿的可愛鞋子，還配戴著絕對不會戴的飾品。

從頭到腳合起來看……品味好到讓人驚豔。

非常好看——應該說，好看過頭了，她用這副模樣走在旁邊，使我忍不住緊張。

順帶一提，她這身打扮好像是為了今天特地買的。

——對了，我上次與特地打扮過的晶一起外出，好像是暑假去咖啡廳那次吧……

已經習慣她穿制服的模樣了，然而便服還需要習慣。

若說「要習慣她的可愛」，或許是很奇怪的說法，但我現在甚至不知道該看哪裡。

要是她平常也打扮成這樣就好了，想歸想，還是覺得平常的她比較不會讓我緊張。

說到底，當我覺得兩種模樣都好的時候，就已相當貪心了。

我想著這些事，晶悄悄說道：

「……我們要不要也來挽手？」

晶這麼說的同時，伸手就要挽我的手，讓我慌了手腳。

「呃……！別鬧了，老爸他們也在耶。」

「反正我們是兄妹，沒差吧？」

「就算感情再好，青春期的兄妹……會挽手嗎？」

我的腦中根本不會有兄妹——而且還是繼兄妹的資料，所以理所當然不知道答案——但果然還是很難為情。

「妳為什麼想挽手啊？」

「因為你不覺得媽媽他們很狡猾嗎？」

「並不會。他們是夫妻，挽手這種小事……」

「居然放閃給小孩子看，他們不害臊嗎？」

「並不會。他們是夫妻——啊，妳看，車站要到了。好啦，快放手。」

「不然再這樣走十步？」

「……那，就十步喔？一、二……——九、十，好，十步了。快點放開我。」

「我還是不想放～」

「這跟說好的不一樣耶！」

前方幸福的夫妻並未發現我們兄妹倆私下的互動，旅程一路都很順利。

＊＊＊

我們從在來線轉乘新幹線。

進入自由座的車廂後，老爸他們坐在三人座那排，我和晶則是隔著走道，坐在旁邊的雙人座位上。

發車後，我和晶聊了一會兒學校的事和電玩。後來開始分享彼此手機裡的回憶照片——

「啊，這個是我在遊戲拿到高分的截圖。好懷念喔～」

「這張呢……？」

「是RPG的能力值列表——對了對了，老哥看這個！是我抽到的限定卡片！」

「呃……這張呢？」

「是琴帥的照片！我是不是拍得很好？好可愛～欸嘿嘿嘿～♪」

晶瘋狂截取社群遊戲的分數和角色能力值的畫面。甚至感覺得出她對中澤琴公仔的愛。

——不過就沒有更生活化的照片嗎……？比如陽向的照片，或是和戲劇社成員的合照之類的……

「晶，妳沒有那種……更可愛的照片嗎？」

「可愛的？不是有給你看琴帥嗎？」

「不是啦，中澤琴以外的。」

「不然給你看我的壓箱寶——來。」

當我看到手機螢幕的瞬間，不禁瞪大眼睛。

「晶，這不是我的照片嗎！」

而且還是睡著的我。

——睡相有夠差！這是怎樣啊！

「我下的標題是『天鵝湖』喔。」

原來如此，仔細一看，還真像首席芭蕾舞者在舞台上輕快躍動的瞬間——

「——不是啦！別拍啊！」

「我去叫你起床的時候，奇蹟似的拍到了這張♪」

「少裝可愛啦，受不了……」

我要求刪除，她卻始終堅持「絕對不要」，所以我只好附帶「不准給別人看」的條件，同意她持有這張照片。

話說回來，我變成芭蕾舞者的時候，到底是作了什麼夢啊……

「再來換老哥秀你的照片了。」

於是我把手機交給晶，讓她看照片。相簿裡幾乎是歷史建築。比如神社、佛閣，或是這類風景照。我姑且一張一張解釋給她聽了，但——

「很、很有趣啊。內行人應該都懂吧，真的……」

「……妳有別的話想說吧？說來聽聽。」

「呃……好老成……」

「我說啊，妳才沒資格說別人……」

心懷偏見真的不太好，晶對我存在手機裡的照片品頭論足，卻不看看自己的樣子，這實在有待商榷。

當晶就像這樣檢視我的照片時——

「奇怪？老哥，這張照片是什麼？作文？」

「作文？啊——！那個不能看！」

——我急忙從晶的手中搶回手機。

「咦～！什麼什麼？那是什麼作文？」

「這是我……就……小學寫的作文啦……」

「有關係嗎？讓我看看又沒差——」

「不～有差！被人看到很丟臉啦……字寫得醜，文字也拙劣，內容更是亂七八糟……」

差點就被晶看到這麼丟臉的作文了。

這是晶和美由貴阿姨來我們家之前，陽向、光惺和我一起整理晶的房間時發現的東西。

這東西一直收著，所以我有好一陣子都忘記它的存在。那次碰巧找到，就拍下來了。

畢竟就算有點丟臉，對我而言卻是很重要的作文。

原稿現在放在紙箱中，收在我房間的壁櫥裡。

「是～喔。被人看到，會覺得丟臉啊……」

「怎樣啦？妳也有這種東西吧？」

「呃……！才沒有，沒有沒有！因為我從以前開始，就不會留下這種證據！」

「妳這話說起來，很像在幹什麼壞事耶……」

……算了。

總之幸好沒被晶看到。

我放下心中大石的同時，不經意看向老爸他們。或許是因為平常工作太累，夫妻倆都睡著了。

「話說回來，他們喜歡真是太好了。」

「就是啊。」

我看著老爸他們，接著和晶相視而笑。

他們兩人現在脖子上圍著圍巾。那是我和晶打工買的東西，是有點早的勞動節禮物。

昨晚我送給美由貴阿姨，晶則是送給老爸。他們兩人都開心得熱淚盈眶。老爸更是因為收到晶送的禮物，比美由貴阿姨先哭了出來。

總之他們開心就好。看到兩人夫妻情深，還圍著圍巾的模樣，很慶幸自己有去打工。

我的手放在扶手上，這時晶把她小小的手放上來。

白皙纖細的手指慢慢纏上我的手指，最後變成十指相扣。這是晶這陣子想撒嬌的時候，對我釋出的訊號。

「怎麼了？」

「反正他們睡得很熟，就讓我這樣牽一下吧……」

晶把頭放在我的肩上。因為雙親就睡在旁邊，我的心跳得比平常更快。

「老哥……」

「幹嘛？」

「總有一天想跟你單獨旅行——可以嗎？」

這才想起來，花音祭的時候，自己和晶也像這樣許下小小的約定。

就算是說謊也好，希望你能對我求婚——就是這樣的約定。

最後我沒有正面回答。老爸他們大概不會反對——但總是想先觀察雙親臉色的自己，說穿了，根本不夠有擔當。

這時候，晶放鬆手上的力道。

「不過啊，其實老哥也不用一定要遵守跟我的約定啦。」

「咦？」

「只要有你曾經許下約定的事實，我就很開心了。」

「可是這麼一來——要是毀約，那怎麼辦？」

「應該也無可奈何吧？」

「晶……」

晶露出笑臉，彷彿想告訴我不用擔心，但在我看來，她的笑容卻很委婉，感覺已經放棄希望。

「老哥總是替我和身邊的人設想很多，而且會拚命付諸行動，所以就算稍微毀約，我也不會討厭你啦。」

如此說道的晶向上扳起將我們隔開的座椅扶手，把臉埋進我的胸膛。

「所以你可以放心毀約，沒關係的……」

——這怎麼行。

我用力握緊晶的手。

「我怎麼可能會做那種事啊？約好的事，我一定會實現。」

「你這樣太不知變通啦。你對我可以再隨便一點啊，反正我是你妹。」

「妳這樣會被當成方便的女人喔。我是妳老哥。怎麼能在妹妹面前出糗啊。」

我說完，晶放心地把臉埋得更深了。她是想鑽進我的身體嗎？

「這是幹嘛？充電嗎？」

我半開玩笑地這麼說，晶卻予以否認。

「這是在給老哥充電。我有好多東西想給你喔。」

瞬間心跳加速。

胸口開始發熱。

感覺得到內心逐漸被填滿。

雖然晶會聽到我的心跳聲，但我無所謂。

想就這樣永遠和她在一起——這種話說出口太難為情，所以我想至少用心跳聲告訴她。

當我利用晶充電好一陣子，新幹線在不知不覺間，即將抵達目的車站，開始減緩車速。

＊＊＊

我們從新幹線轉乘特快車，大約兩個半小時後，抵達「藤見之崎溫泉」車站。

車站人來人往，到處都是穿著浴衣的人。

大大吸了口氣，空氣中混雜著溫泉地特有的香氣。

我們走在前往旅館的路上，車站前整排都是土產店和餐飲店。

有甜點的香甜氣味、海鮮料理的豐富香氣，還有肉料理的濃郁香氣——四處都是美味的香氣，我和晶的肚子反射性發出咕嚕聲。

現在時間將近三點。

中午在新幹線上吃過鐵路便當，但已經是想吃點東西的時候了。

「對了，前面有一家肉很好吃的路邊攤——有了，在那邊。」

老爸留意到我和晶的飢餓程度，替我們各買了一支烤肉串。

真好吃。用鹽和胡椒調味的肉非常香，一口咬下，肉汁就跟著流出，瞬間填滿整張嘴和空空如也的胃袋。

「媽媽，妳吃吃看！這個好好吃！」

「那我吃一口——哎呀！真的好好吃～」

看到一臉開心的晶和美由貴阿姨，我又看了看老爸。他卻笑著拒絕。

「很好吃吧？那你洗溫泉的時候，替我刷背報答我吧？」

老爸一直都這樣，看著我開心吃東西就滿足了。

午餐過了一段時間，老爸一定也覺得肚子餓，但他買東西給我們吃之後，只顧著開玩笑逗美由貴阿姨還有晶，然後自己也笑了笑，什麼東西都沒吃——

「話說回來，晶，妳一直吃牛肉，小心變成牛喔。」

「討厭～太一叔叔太過分了！牛肉是我最喜歡吃的東西耶～」

「看，妳剛才『哞（註：日文「討厭」音同「哞」）～』了一聲啊。哈哈哈！」

——老爸就像這樣，一路把我養大。

比起自己，他總是優先填飽我的肚子。

即使他做的事情看起來沒什麼可信度，又以自我為中心，其實總是為了孩子和家人努力表現。

老爸就是個勞碌命。

所以就算他埋頭工作，都不在家，我也從未說過「好寂寞」或「希望你多陪我一點」這種孩子氣的話為難他。

我認為因為有老爸在工作，自己才能過著無憂無慮的生活。因此不能礙到他。

老爸想努力達成身為父親的「職責」。

——是職責，也是職務，也是辛勤，是嗎……

既然如此，我身為哥哥的「職責」就是——

我把吃掉三分之一的烤肉串遞給晶。

「晶，妳可以把它全吃掉喔。」

「咦！可以嗎，老哥！太棒了！」

晶雙手拿著烤肉串，天真無邪地笑道。我看著她，也自然而然展露笑容。

——我想，大概就是這樣吧。

＊　＊　＊

「──好，到了喔。就是這裡。」

我們在老爸的帶領下，抵達一間掛著「伊藤屋」這個招牌、看起來風味十足的傳統溫泉旅館。建築物外觀顯得很有情調。

我們撥開門簾入內，來到玄關的水泥地，這時一名穿著和服的女性走來，拿了拖鞋給我們穿。

老爸在登記住宿的期間，美由貴阿姨就在一旁笑著和旅館的人說話。

我和晶沒事可做，不經意聊起戲劇社的話題。

「和紗她們不知道是不是到旅館了？」

「誰知道。對了，她們也是去泡溫泉吧？」

「好像是。說要住在天音的親戚開的旅館裡。好好喔～」

聽晶說，到頭來交通費還是無法申請。因此她們轉而開始討論壓低住宿費，結果決定住在伊藤的親戚經營的溫泉旅館。

「哦～伊藤學妹的親戚啊……──嗯？伊藤學妹？」

「老哥，怎麼了嗎？」

「啊，沒有啦……」

很希望事情不是我想的那樣，而且我想的事大多會落空。

「這間旅館是叫『伊藤屋』對吧……？」

「老哥難道覺得戲劇社的人會來這裡？」

「我也不願這麼想……啊哈哈哈，果然是想太多了吧？」

「對對，你想太多了～」

我和晶這麼說，雙雙笑道，但還是不免有那種感覺。

可是再怎麼樣，也不可能會和西山她們來到一樣的——

「——到了～！哎呀～這個情調真棒呢～！」

——不可能……吧……？

剛才聽到熟悉的聲音，但一定是幻聽吧，嗯……

「好了，趕快辦完入住，然後去外湯——呃，哎呀……？」

悲哀的是，那並不是幻聽。

以西山為首，我還看到陽向、伊藤，還有其他戲劇社的成員。

既然甚至看到幻覺，代表我真的累積了很多疲勞。

事實上，晶好像就沒看到什麼，也沒聽見——

「啊——！和紗！還有大家！」

——哎呀，看來她看得見，也聽得到。

既然如此，就代表——

「這裡就是合宿地點嗎——！」

「原來你們家族旅行就是來這裡嗎——！」

——我和西山在玄關前，看著彼此大叫。

旅館的人看到我們，都一臉不解，但我已經顧不得他們的眼光了。

＊＊＊

「哎呀～沒想到住的地方居然會碰巧一樣！我們可真是命運共同體耶！」

這裡是旅館大廳。西山就在我身旁，不可一世地笑著。

她開心得無法停止笑意，我卻沒辦法感到開心。

「拜託，根本是孽緣吧？至少我跟妳是……」

西山不斷拍著我的肩，說：「你明明很高興。」而我已經無力到連「很痛，別打了」這種話都說不出口了。

晶和陽向在隔壁桌，她們一臉開心地握著彼此的手。

看起來就像分離多年的朋友再度相會一樣，但晶最後見到陽向，是兩天前的星期五。

……算了，她們感情好是沒差，問題是這傢伙。

「難道學長是太想我了，才會追過來嗎？」

「別把人說得很像變態跟蹤狂。再說了，是我們家先說好要旅行的。」

「但我們也沒有追著學長你們來到這裡喔。」

「這裡是伊藤學妹的親戚開的旅館對吧？我知道……」

而我口中的伊藤，正在等待老爸他們完成入住登記——這時，老爸正好完成入住登記，和美由貴阿姨一起往這邊走來。

「妳好，呃……同學姓西山是嗎？我是真嶋太一。我聽孩子們提過妳和戲劇社的事。他們一直受妳照顧，謝謝了。」

「我是西山和紗！我才是，一直受涼太學長和晶照顧！」

西山禮數周到地低頭致意。

「和紗，妳記得我嗎？我是美由貴。」

「當然記得！謝謝妳在花音祭的時候，替我們化妝！」

「不用謝啦。而且《羅密歐與茱麗葉》演得太棒了！充滿年輕的氣息，阿姨我看完，精神都來了♪」

「怎麼說自己是阿姨，美由貴小姐看起來不是阿姨的年紀啦！妳真的好漂亮，我好羨慕妳先生！」

「對吧？我們家的美由貴美到我配不上她呢～」

「討厭啦，在孩子面前講這些，好害臊～」

美由貴阿姨一臉暗爽在心裡，忸忸怩怩地扭著身體。

——唉，這該怎麼說？到底該怎麼說呢？

現在這個狀況，讓我覺得非常不自在。

好想快點結束談話，趕快進房間去，可是西山和老爸他們相談甚歡，晶也和陽向聊得很開心。

戲劇社的高村、早坂與南也是老樣子，自成一圈，創造出自己的世界。

這種時候只能靜靜等待時間過去了……

不久之後，伊藤完成入住登記，來到我們這裡。

「真嶋學長，你好。」

「嗨，伊藤學妹。」

伊藤來找我說話，我稍微鬆了口氣。

「話說回來，真沒想到我們都來到藤見之崎耶。」

「不好意思，居然跟學長你們撞地點……」

「也沒想到連住的地方都一樣耶──」

「不好意思，我的親戚是開旅館的……」

「不會啦，妳和妳的親戚一點錯都沒有，不用道歉啦，真的不用……」

看來伊藤太顧慮我了。

個性內斂是她的美德，但有時我覺得太內斂了。

她跟西山相加除以二，個性就會剛剛好，然而平常要是沒有人居中協調，她應該也很辛苦吧。

──當我這麼想，這才察覺現階段只有我一個人阻止得了西山暴衝……

看向和我家爸媽融洽聊天的西山。

深深覺得這個只會講花言巧語的人，必須了解到身旁的人有多辛苦。

「和紗，我們趕快進房間吧。」

當伊藤出聲，她開朗地說聲「也對」，然後起身。

「啊，我先去一趟洗手間──」「啊，我也要！」

晶和美由貴阿姨一起走向廁所。

看到戲劇社的成員在旅館員工的帶領下，先行一步消失在另一端，我才嘆了口氣放鬆。

＊　＊　＊

我和老爸留在原地，就這麼坐在桌子前，父子久違地單獨聊了一下。

「真沒想到會跟你們戲劇社的同學來到同一個地方啊～」

「對啊，我先說，把你當成女高中生一樣對待的人就是社長。」

既然想法相似，也難怪旅行地點和時機會相撞了。

「你是想說我很可愛嗎？」

「才不是咧！」

「不過她真是個好孩子啊～」

「你怎麼會這麼想啊？好啦，她的確不是壞人，可是啊……」

我是遭到西山半拐半騙才加入戲劇社的。

當然了，也有部分原因是我太衝動，妄下定論，但她那個人總會若無其事說出、做出讓人誤會的事。

——認識西山已經過去一個半月了啊。

她總是以捉弄我為樂，認識她們到現在，我依舊摸不透西山這一個人。

雖然姑且很感謝她發現晶的才能，並幫助她克服怕生的毛病啦。

「這個年紀的孩子本來就多變。想法和感情都是下一秒說變就變。」

「不對，那傢伙很一致，都只想著自己的利益喔。」

「才沒有這種事。她剛才也很顧慮其他人啊。」

「什麼！那傢伙嗎！哪有！」

「拜託，你也不用這麼驚訝……——別看她那樣，她很聰明喔。」

「我承認她有小聰明啦，所以你為什麼會這麼想？」

「她是第一個踏進玄關的人吧？」

「是嗎？但也是因為她本來就愛走在前面……」

「你沒看到她進來之後的情形嗎？」

「沒有……」

「當每個人換穿拖鞋之後，第一個踏進玄關的她，一直在玄關留到最後，然後把大門關上。後來還乖乖確認所有人的鞋子有沒有放好喔。」

「什麼！」

太意外了。因為我完全沒想到西山會做這種事。

「進來之後，她還確實跟旅館的人問好。」

「這個……很正常吧？」

「這裡是那個姓伊藤的女生親戚開的旅館吧？」

「是啊……」

「那這就是原因了吧。她有送禮盒給旅館的人。照理來說，來住宿的人根本不會送禮給旅館的人啊——那孩子很有一套喔。」

老爸這麼笑道，我的驚訝卻表露無遺。

「老爸，你為什麼有辦法——」

「這就是社會經驗豐富的大人視角——」

「你都有辦法看到這些了，為什麼重要的事卻完全沒發現啊！」

「啥！」

西山的優點——先不管這件事，老爸完全沒發現我和晶的關係。

難道他發現了，卻不管？不不不，感覺他是真的沒發現。

「重要的事是什麼啊？」

「沒事啦……」

就算撕裂我的嘴，也說不出我和晶的關係。希望老爸往後還是看不見。

總之很慶幸能聽見西山的優點。

她有時候會稍微暴衝，但骨子裡是個好人，所以我也無法討厭她。現在聽了老爸的話，覺得自己也必須更仔細觀察她。

不對，不只西山一個人，以後也必須好好關注其他社團成員。

「那涼太，那方面怎樣？」

「哪方面怎樣？」

「那群人裡有你喜歡的女生嗎？」

「啥！」

這次換我大叫。

「才沒有咧！」

我才剛決定要好好關注戲劇社的人而已，老爸，不要說這種會讓我想歪的話啦。

「什麼嘛，還以為參加全是女孩子的社團，一定會有喜歡的人咧。」

「我都說沒有了……」

「可是你看，大家都很可愛耶。陽向、西山同學、伊藤同學都是美女啊。其他三個人也是。你在這樣的環境之中，什麼想法都沒有嗎？」

不知道老爸沒有把晶列入選項是故意的，還是真的覺得不行，但我依舊搖頭否定。

「老爸，不要用那種眼光看待兒子社團裡的女生啦。」

「哈哈哈，這有什麼關係～要是看到年輕貌美的女孩子，我也會──」

「好。那我把這件事報告給美由貴阿姨知道──」

「拜託千萬不要！這真的笑不出來啊！」

傻眼耶。我老爸怎麼像個牆頭草啊。

但知道他這麼重視美由貴阿姨，我就放心了。

話說回來，我才不想被親人看好戲或嘲笑。好歹也是青春期男生，實在不太想跟老爸聊這種戀愛話題。

「所以你沒有喜歡的人啊？」

「我說了，沒有啦……」

「什麼嘛，你**中看不中用**喔……」

「喂，不准一臉遺憾地看著我……」

我和老爸就像這樣互相耍嘴皮子，這時他用一句「對了」改變話題——結果我們隨後的對話，成了我這天最震撼的事。

11 NOVEMBER

11月21日（日）

家族旅行的第一天，事件就層出不窮！

首先從早上開始，我和老哥挽著手出發！

其實也跟平常沒兩樣啦……

可是因為媽媽他們一直放閃，我當然會萌生對抗心啊！

之後我們在新幹線上也偷偷牽手了！

其實也跟平常沒兩樣啦……不過就算我撒嬌，老哥也沒有嫌棄，反而一臉害臊，實在是好可愛～！

在那之後，我還幫老哥充電了。因為老哥一直替我付出，我也想回饋給他……其實真心話是想告訴他「可以再多依賴我一點」。
不然老哥實在太固執，而且過度努力了……

抵達藤見之崎後，吃了好多烤肉串！
老哥還把他的讓給我吃！好溫柔～我好高興～！

雖然要小心不要吃太多，可是這兩天旅行沒關係吧……我就愛替自己找藉口。

然後然後，有一件大事！

我們住的旅館跟戲劇社的合宿地點居然一樣！

而且這裡還是天音家的親戚開的旅館！這也太巧了吧？

見到陽向跟和紗嚇了我一跳，
現在感覺就像家族旅行和戲劇社合宿合在一起一樣！

才剛感嘆要是有兩副身體就好了，沒想到兩個活動就合在一起了！

對了，知道我在哪裡寫這篇日記嗎？

呵呵呵～！

第3話「其實是溫泉熱氣戀慕事件簿③　～繫起的腰帶～」

在晶和美由貴阿姨去洗手間的期間，發生了一件小事。

其實是老爸開始跟我討論怎麼分房間啦……

「我沒預約到四人房，所以要分兩間房睡喔。然後關於怎麼分──」

「我跟你，然後美由貴阿姨跟晶對吧？」

不用我說，這種分法理所當然。

正當我覺得按照男女和親子檔來分房間，非常合情合理時──

「拜託，當然是我和美由貴一間啊。」

「……你給我等一下。意思是我和晶睡一間嗎？」

──老爸居然給我來個回馬槍。這就是真嶋家的風格。

說到底，替我們全家掌舵的這個老爸，根本誤判方向了。不往東，偏偏要往西……他是想發現新大陸嗎？

「涼太，怎麼？討厭跟晶睡同一間啊？」

「不是，這不是討不討厭的問題啦……」

「那就沒問題了吧？你們感情不是很好嗎？」

——就是因為感情太好，感覺只會出問題啊。但我說不出口。

說到這個老爸，明明愛說別人遲鈍，卻完全沒發現自家這對兄妹之間的事情。

常言道「眼不見為淨」，看來在老爸眼中，我和晶只是一對感情很好的兄妹。以這層意義來說，老爸果然是個有點遺憾的父親。

願意把我和晶安排在同一間房間，是出自對我的信賴嗎？

不不不，感覺好像不太一樣。

「哎呀，其實我一直很想跟美由貴來泡溫泉耶～這樣好像在度蜜月喔。」

——原來如此。

簡單來說，我家老爸眼裡只裝得下美由貴阿姨……他這副心花怒放的表情，看了實在莫名火大。

但我不會如老爸所願。

要是跟晶睡同一間——只覺得各方面都很尷尬。

因此我決定輕描淡寫地進攻。

「真是遺憾啊……本來想偶爾跟老爸獨享天倫的……」

「咦……？」

「你不能跟我同一間房嗎？老爸……」

「涼太……」

看來我在戲劇社練起來的小小演技，已經足夠用來對付老爸的心……雖然我完全沒有要獨享天倫的想法，事到如今也沒辦法了。

老爸大概是覺得我說的話很感動，他的嘴角不斷抖動——

「你都高二了，還在鬼扯什麼啊？有戀父情結嗎？難怪你對戲劇社的女孩沒興趣。但我對這種事可是敬謝不敏喔……」

「喂，你那是什麼眼神……」

——撤回前言。還是現在馬上進入叛逆期給他看吧？

「我們好歹是青春期的男女耶！萬一出事……不對，是不會出什麼事啦！就算這樣，同一間房間還是會有顧慮啊！」

我纏著老爸不放，他卻非常冷靜。

「雖然是青春期，可是你有三個星期都把晶當成弟弟耶。」

「嗚咕……」

「意思是，你打從一開始就沒把晶當成女孩子看待吧？」

「啊咕……」

——是啦，我那時候是那樣沒錯……

現在已經承認她是個美少女了，可是問題不在這裡啊。問題不是這個啊，老爸……

「就是這樣，按照你的個性，就算和晶同一間房間，也不會發展出什麼怪事吧？」

——我是不會啦，我不會……

我是個安心、信賴有保障的兒子。

但老爸不知道，我日日夜夜都在和「某個東西」作戰……

＊＊＊

當我和老爸談論著這些，晶和美由貴阿姨回來了。

「真對不起，讓你們久等了～」

美由貴阿姨呼喊老爸後，他馬上提及房間分配的事。

「——哎呀哎呀，所以晶要和涼太同一間房間嘍？」

我的心跳瞬間漏了一拍，但美由貴阿姨還是那個調調，感覺不是很在意。

只有我一個人過度在意嗎？

另一方面，晶不滿地對老爸他們說：「咦～我跟老哥睡同一間房間嗎……」但——顯然是個謊言。

晶轉頭對著我，在老爸他們看不見的角度，拚死忍著隨時會上揚的嘴角。

「晶，妳不喜歡跟涼太同一間房間嗎？」

聽到美由貴阿姨這麼問，晶看著我，露出「怎麼可能不喜歡」的表情。

「因為老哥感覺打呼會很吵，神經又大條啊……」

——那妳忍著不笑又是在忍什麼意思？

看來得想盡辦法換個分配方式才行——但這個時候，美由貴阿姨隨著一句「我有提議」舉起她的手。

「那我跟涼太一起睡吧？」

「「「咦咦——————！」」」

老爸、晶還有我都訝異地看向美由貴阿姨。

「需要這麼驚訝嗎？其實我以前就想跟兒子並排睡睡看了～♪」

這很需要驚訝。

兒子跟繼母睡？不行，這未免也太……對吧……

美由貴阿姨就是會若無其事地說出這種感覺好像沒什麼，可是換個角度思考，就很嚴重的事。

我知道她沒有別的意思，可是除了她，我們三個人都知道這是最荒唐的選項。

尤其老爸已經慌得教人同情了。

「不，可是，美由貴……涼太也是青春期的男孩子，他對這種事很敏感吧……？」

「喂！這跟你剛才說的不一樣吧！」

我極力反擊，晶也抱怨：「那我要跟太一叔叔睡同一間嗎！」

「啊，的確是這樣耶～」

「我絕對不要！不行！」

「咦！晶！」

老爸受到嚴正的拒絕，情緒跌落谷底……爽啦。

後來我提議「男女分開」，但晶始終堅持「不想打擾夫妻獨處」。而老爸還是很失落，根本沒力氣提議。至於美由貴阿姨，只是笑吟吟地看著事情走向。

結果最後，決定分成夫妻一間房，孩子一間房。

換句話說，我——

「……跟老哥睡同一間房間耶～欸嘿嘿♪」

——在雙親的同意下，我要跟在身邊悄悄這麼說的調皮繼妹住同一間房了。

這就是結果……

＊＊＊

「嗚哇——好棒的房間喔～～！」

我們來到主屋二樓，一走進掛著「椿」門牌的房間，晶就在房裡興奮地跳著。

晶住過飯店，但好像是第一次住溫泉旅館，所以始終很興奮。

她的模樣令人看了會心一笑，而我實在沒有那種餘力。

「老哥，你看！這個間接照明很時髦吧？我早就想住住看這種房間了～！」

這間房間的確很棒。

和風摩登的裝潢風格，氣氛良好的照明，尺寸偏大的液晶電視，還有一張加大單人床。

室內擺設很講究，對學生來說，是有點奢侈的品味，不過——這個房間的氣氛會不會太好了啊？這間應該是情侶或是年輕夫妻住的房間吧……？

——不不不。我們可是兄妹。

身為哥哥，絕不能被這房間的氣氛和繼妹可愛的程度牽著走。

「老哥！這張床好軟喔！」

「喂喂，灰塵會跑出來啦……」

晶在看起來很好睡的床上跳著，然後又把焦點移向窗外。

「快看快看！風景好漂亮喔～！山好紅喔～！感覺會有猴子出沒耶！」

「很危險，小心一點啦。」

晶把身體探出窗外，眺望著風景，感覺就像個天真無邪的弟弟。

但她馬上來到我身邊，抱著我說「好開心喔」，這點倒是很像妹妹……不對，再怎麼樣這都不是妹妹會做的事吧？

「太好了，跟老哥睡一間～♪」

「喂、喂……妳不要太興奮啦。」

「能和老哥獨處，我很高興嘛♪」

「要是被老爸他們聽到……」

「放心啦。反正他們住在**離屋**啊～」

——沒錯。

老爸他們不是住隔壁房，也沒有跟我們一起住在主屋，而是離屋的「楸」之間。

換句話說，晶所說「放心」，對我而言是「放不下心」。

「老哥，你現在跟我獨處，有心跳加速嗎？」

「有啊，不過是擔心得心跳加速……」

「擔心？擔心什麼呀？」

晶不懷好意地這麼說，並順勢用臉蹭著我的胸膛，嘴裡發出「我蹭我蹭～♪」的聲音。

這招居心不良擁抱連續技的破壞力實在過於驚人，我的理性血條已經一口氣減少許多。

一旦硬是想把她扯開，她就會像無尾熊一樣，纏著我不放，實在拿她沒轍。

而且她這是明知故犯，顯得更惡質——這時，我聽到敲門聲，接著是一道女性的聲音：

「打擾了。」

晶瞬間離開我，然後匆匆忙忙整理有些紊亂的髮絲。

——既然妳也有這麼羞怯的一面，就稍微對我手下留情一點啊……

我傻眼地看著晶，房門就這麼靜靜開啟。

門外的人是帶領我們來到這房間的和服女性。年紀大概二十出頭，看起來像大學生，不過氣質沉穩，是個漂亮的人。

她似乎把老爸他們帶到房間後，又來到這房間，替我們說明這間旅館的大小事。

「重新向兩位問候，感謝您們今天遠道而來。我是**負責接待的岡見**（Okami）。」

「嗯？」「咦？」

我和晶同時面面相覷。

「啊，呃……妳是老闆娘（Okami）嗎？」

我這麼問道，對方又回：「不，我是接待人員。」

「也就是說，妳不是老闆娘（Okami），是接待小姐嗎？」

「不，我確實是岡見（Okami），也是負責接待……」

「呃，所以是接待小姐……咦？還是老闆娘？」

「不不，岡見是我的姓氏。寫作『看見山岡』的岡見。職位是接待……真不好意思，這麼容易混淆……」

「噢，不會——」

——原來如此。

還真是容易混淆。

當這位岡見接待小姐大致說完旅館事項後，便提及外湯。

「——這是外湯的入浴券。」

她把掛在脖子上的ＩＤ式入浴券交給我們。看來這裡的入浴機制是，到外湯入口的機器前，刷印在ＩＤ上的條碼入場。

聽到這個能讓我們免費，又不限次數泡七個之多的外湯，我不禁開始雀躍，晶卻從旁發問道：

「請問這裡有混浴嗎？」

「妳問什麼鬼問題啊……」

我傻眼地這麼說，她還回問：「你不好奇嗎？」

若說我不好奇，那肯定是騙人的，但妳為什麼要滿臉通紅地這麼問？

「外湯沒有混浴，不過內湯（註：飯店旅館附設的溫泉）『吊花』可以包場，倘若兩位要進去，請把門前的門牌翻成『入浴中』──」

「啊……不了，我們兄妹就不去泡了。啊哈哈哈……」

我笑著敷衍了事，晶卻不滿地鼓起腮幫子。

「難得我想替某人刷背耶～」

「不了，我心領了。」

「我又沒說『某人』是誰。」

「呃……！反、反正我不會跟妳洗啦！」

「哎呀哎呀？你之前不是很想跟我洗澡嗎？還要我幫你刷背～」

「那是為了縮短跟弟弟的距離！」

「但實際上是跟妹妹洗了啦～」

「拜託不要事到如今翻出那件事啦……──」

我忽然回過神來。

因為發現岡見小姐感嘆了一聲，而且滿臉通紅……

「啊～不好意思，我們剛才說的話，請妳當作沒聽見！」

只見她眼神游移了一下。

「我剛才就很好奇了，兩位是兄妹……對吧？」

「啊，對。我是真嶋涼太。然後她是──」

「我是姬野晶。」

──啊，她是故意說自己姓**姬野**吧？

「呃……？兩位是真嶋先生和姬野小姐……咦？明明是兄妹，姓氏卻不一樣，然後要混浴……咦？什麼？」

──原來如此。

整個搞混了。

「因為我們家有點複雜……」

這件事不太好解釋，但我還是想辦法要解開岡見小姐的誤會。

我請原本以為是繼弟的人幫忙刷背，結果她根本是繼妹——自己說出來都覺得有點莫名其妙……

而且說出來後，羞恥和後悔接踵而至。

不知道我未來是否能把這件事當成一件笑話……

「——事情就是這樣，還請妳替我們保密。」

「原來是這樣啊。我不知道原由，還誤會兩位……」

「有聽懂就好……」

「我不會把這件事說出去，請放心——」

我放下心中大石，但也只有短短一瞬間——

「——哥哥在浴室把妹妹**變成女人**……這種話我也不敢說……」

——原來如此。

來這套啊……

看來滿臉通紅的岡見小姐產生新的誤會了。

「岡見小姐，我覺得妳絕對是搞錯了……」

「老哥，變成女人是什麼意思？我本來就是女生啊……」

「嗯？好啦，就是字面上的意思……大概吧。」

——事情實在太複雜了，我統整一下。

知道我和晶的祕密的人多了一個。

這個人是負責接待的岡見小姐。岡見（Okami）和老闆娘（Okami）只差在重音不同，要注意……

＊＊＊

岡見小姐替我們沏茶後，說了一句「請兩位慢慢休息」之後，帶著一抹意有所指的笑容離開。

我和晶隔著一張矮桌，不發一語跪坐在榻榻米上。

我們啜飲一口茶後，才終於看著對方。

「晶，關於剛才的事——」

「我知道，你不要說。」

我看著不悅的晶，嘆了一口氣。

雖然是因為我們雙方都很亢奮，卻把兄妹之間的祕密告訴無關的陌生人。

關於這一點，晶也在反省了，但還是鼓著腮幫子。

「妳從剛才開始是在氣什麼啊？」

「氣你沒有把我當成女生。」

「還真直接啊……有啦，我有啊。我一直有意識到妳的性別啊。」

「既然這樣，你可以多享受一下跟我相處的時間吧？」

「我跟妳在一起，一直很享受啊。」

「那是以兄妹的身分吧？再說了，你也不用那麼拚命跟岡見小姐強調我是妹妹吧……」

簡單來說，晶是因為我在岡見小姐面前，一直把她當成妹妹，所以在鬧彆扭。

我們就是兄妹，我當然待她如妹妹，她卻覺得問題不在這裡。

「既然來到這種地方了，我想要的不是像平常那樣的享受，而是享受跟平常不一樣的事情，就像……」

晶害臊地忸忸怩怩的。

我很快察覺晶想說什麼，不禁紅了臉。

「——更像一對情侶的感覺……」

「這可不行呢……」

我的背開始覺得一陣酥癢。

旅行就是要享受非日常，所以晶希望我們是非日常中的情侶，而不是平常的兄妹關係。

——不對，慢著。我覺得我們平常也沒有多像兄妹啊……

還是別深究好了。

「那我姑且問一下，妳說要像一對情侶，具體來說要怎麼做？」

「請問我可以過去那邊一下嗎？」

「呃，啊……好。來吧……」

我們滿臉通紅，尷尬不已，就這麼面對面坐著。

因為實在太難為情了，根本沒辦法好好看著彼此。

焦急的時間持續好一陣子後，晶才輕輕探出她的頭。

「首先請你摸摸我的頭。」

「呃……啊，嗯——這樣行嗎？」

我照她所說，摸了摸她的頭，卻感覺跟平常不同，不知為何很害羞。

「再來請親一下——」

「駁回！」

「不然請你至少抱我一下。」

「如、如果只是抱的話，嗯——」

我輕輕張開雙手，環抱晶的身體，溫柔地將她摟過來。其實跪坐很難抱人，但晶探出身子，靠在我身上。隨後，她也伸手環抱我的身體。

「這樣如何……」

「非常美妙……」

「那個……妳從剛才開始，口氣就是這樣，能不能改一下啊？」

我完全被晶牽著走了。平常所做的事都帶著一股不同以往的感覺，讓我完全亂了套。

不知道是因為她這身打扮的關係，還是說話方式，又或者是這房間的氣氛導致如此，總之再這樣下去很不妙。

「老哥，你的心臟跳得很快耶。」

「這、這不是廢話嗎……」

「好高興。是因為我，你的心跳才會這麼快吧？」

「是啊。」

「我的心也跳得很快喔。要聽聽看嗎？」

「不，我就算了。」

「………………」

「那個，晶？我的腳開始麻了……」

「…………」

「晶……拜託妳，說句話啦！」

在這種情況下，沉默最難熬了。

——而且我該在什麼時間點放開她啊？拜託，不要用那種水汪汪的眼睛看著我。

當我想著這些，不知過了短短數十秒，還是幾分鐘——我們維持同樣的姿勢好一陣子，

這時我的手機突然響了——是西山。

「……你要接嗎？」

「啊，嗯——」

晶露出傷心的神情，讓我有些愧疚地接起電話。

『——啊，是我。是我、是我！』

「如果是詐騙集團，我要掛了——」

『慢著！我不是詐騙集團啦！是戲劇社社長西山和紗～！』

「這我知道啦，妳要幹嘛？我不會匯款喔。」

『都說不是了～！』

多虧西山，我的心沒那麼緊繃了。

「那妳有何貴幹？」

『學長，你現在在做什麼？』

「呃……啊——」

——打死我也說不出現在正抱著晶。

「那當然是在房間裡打滾……」

『啊，你跟晶正火熱是吧～？』

「才沒……我跟晶睡不同房間啦！」

我在情急之下撒了謊，結果晶用力拉著我的手。

一看發現她滿臉怨恨。感覺好像在問：「你為什麼要撒謊？」

『是～喔。算了，無所謂啦，其實我剛剛打電話給她，結果沒有接。』

「是、是喔……妳找她要幹嘛？」

『我也有事要找學長。要不要現在大家一起去外湯？』

「外湯啊……」

——好機會。西山，妳揪人揪得真是時候。

『啊，不過如果學長想跟晶卿卿我我——』

「我去！馬上去！妳等我一下！」

『噢，是喔？那請學長穿浴衣過來。我們在樓下大廳等你喔～』

當我掛斷電話，晶一臉不悅地仰望我。

「老哥，你胡扯～」

「現在這種情況，我有什麼辦法啊……」

「反正我們是兄妹，跟她說我們住同一間房間又沒關係～」

「根據我們現在的處境，這種理由不管用啦。」

她們那群人（其實只有一個人）把我當成「超出規格的戀妹老哥」。要是被她知道我和晶睡同一間，不知道會說些什麼……

「晶，聽好了。我們睡同一間是祕密喔。」

「這樣不會反而讓人覺得有鬼嗎？」

「並不會。這是為了守住我和妳的日常生活。」

「嗯～是沒差啦……——啊！」

晶好像發現什麼了，不斷嘻嘻竊笑。

「老哥，我們的祕密又變多了耶。」

「妳這種說法……根本樂在其中吧？」

「我們有不能告訴別人的祕密……呵呵♪」

「這……這不重要，西山要我傳話——」

我一說要去外湯，晶隨即滿臉通紅。

「咦！我要跟和紗她們一起泡湯嗎！」

「對啊……啊！對噢……」

晶從未與美由貴阿姨和建先生以外的人袒裎相見。聽說校外旅行的時候，也是在飯店浴室裡放水，然後個別進去洗澡。

現在一口氣提高難度，要她去跟人泡湯，她可以嗎？

「晶，妳要怎麼辦？」

「呃……嗯……我不太有信心……」

晶低頭看著自己內斂的胸部。

現在我該怎麼幫她說話啊……

「對了，老哥之前替我擔心過這種事吧？」

『以後可能會全家人來一場溫泉之旅，高中也會有校外旅行，不是每次都能在房間裡洗澡。要是你不趁現在累積跟別人洗澡的經驗，以後可能會傷腦筋喔。』

「嗯，我是有說過啦……」

「這或許是一個機會，可以運用我跟老哥一起洗澡的經驗！」

「換個說法啦！也不用擺出這種志得意滿的姿勢！」

我們就像這樣，雖然稍微拖了一點時間，也決定開始換穿浴衣。

但我們以前沒有在同一間房間換衣服的經驗。晶好像已經開始脫衣服了──

唰……唰唰……唰……沙沙……──

剛才累積了許多的情緒，導致現在連衣物摩擦聲都是很強的刺激。

為了揮開雜念，我穿上浴衣，綁好衣帶，接著以晶聽不見的音量深呼吸，讓心情冷靜。

「晶，好了嗎？」

「老哥，腰帶要怎麼綁才對啊？」

「怎麼，妳沒穿過浴衣嗎？」

「有穿過幾次喔。可是都是媽媽幫我綁的。」

「其實也沒多難啊。」

「那老哥，教我怎麼綁。」

「好啊……嗯？」

要我教她……也就是說——

「拜託你。和紗她們已經在等了吧？」

——為了以防萬一，還是確認一下吧。

「妳浴衣有套好吧？」

「嗯。」

「好，我知道了……那我要轉過去了喔——」

我轉過頭，只見晶紅著臉，抓著身上的浴衣。

我告訴自己別看那邊，拿起放在床上的腰帶，蹲在晶的面前，接著發現一件事。

「晶，仔細一看，妳**衣襟**反了。」

「反了？」

「通常是右襟在下，貼緊身體的右側在下方。左下是亡者的打扮。妳要是這麼穿，會被帶到死後世界喔。」

「什麼！」

「所以快穿好。我會背對妳——」

確認浴衣衣襟的方向正確後，我馬上替她綁上腰帶。

還順便教綁法，讓她也能自己綁。

「——最後再這樣。如何？會太緊嗎？」

「嗯，可以！老哥，謝謝你♪」

晶穿著剛穿好的浴衣，轉圈給我看。

「看起來很不錯。」

「我看起來怎麼樣？」

「咦？噢……很可愛啊，我說真的……」

「欸嘿嘿嘿♪老哥說我可愛了♪」

之後，我們拿著羽織（註：和服用的外套）與溫泉用品，就這麼離開房間。

＊＊＊

「啊，來了來了！討厭，你們很慢耶～！」

我們一到大廳，就看到穿著浴衣的西山她們有說有笑地等著我們。

現場除了西山，只有陽向和伊藤。其他三個人分開行動，好像已經前往外湯了。

「涼太學長和晶都很適合穿浴衣耶！兄妹一起穿浴衣好好喔～！」

因為陽向這麼說，我和晶的心頭都一陣酥癢。只不過——

「說是兄妹，感覺更像情侶耶～哦呵呵～」

——卻被西山一句話全糟蹋了……總有一天一定要這傢伙欲哭無淚。

這時候，陽向似乎發現了什麼，她發出疑問：「哎呀，晶？」

「我可以看一下嗎？啊——這個腰帶的綁法，是男生用的喔。」

「「咦！」」

我和晶同時發出驚愕聲——同時，晶還瞪了我一眼。

當陽向以熟練的手法，替晶重綁腰帶時，晶偷偷面向我，以眼神代替聲音對我抗議道：

「老～哥～！你這麼想把我當成男生嗎！」

「我不是故意的！」

我用表情這麼回答她。

「晚一點看我狠～狠地修理你！」

結果她又用眼神撂狠話。

但事情不只如此……

「——這樣就好了。」

陽向替晶重新綁好腰帶後，露出柔和的笑容。

「陽向，謝謝妳。」

「不會——不過妳跟涼太學長的感情果然很好耶。」

「咦？為什麼這麼問？」

「因為衣帶的綁法跟涼太學長一樣啊。」

「「啊嗚！」」

沒穿羽織真是個敗筆。

晶慌亂地看著我，我也因為事出突然，整個人愣在原地。

「兄妹腰帶的綁法一樣，真是有趣呢。你們不同房吧？」

「不、不同房喔！綁法是……靠感覺啦！因為我急著出門，還真巧啊……」

「這樣啊，原來是巧合啊。還以為是涼太學長在事前教妳怎麼綁的。」

陽向笑吟吟地說著，但我和晶都笑不出來。臉都抽搐了。

「沒有，老哥……沒有教我喔……嗯！」

「那我來教妳，腰帶其實可以綁蝴蝶結喔。」

「哦～是喔。我都不知道……」

「妳剛才的綁法叫做『男結』——那是在匆忙之下，碰巧、沒人教就能綁出來的嗎？」

陽向說這句話大概沒有別的意思，我和晶卻因此心慌不已。

「呃——！這、這個……就是說啊……」

「這是別人幫妳綁的——我倒覺得這麼想比較合理耶～？」

這時晶用眼神示意：「老哥，救我！」

面對女高中生偵探——上田陽向的精湛推理，我和晶都啞口無言。

現在該回答些什麼呢？

哎呀～真是了不起的推理。妳應該要去當小說家吧？啊哈哈哈——慢著，這完全是犯人會說的台詞吧……

「原來如此！我知道了——」

陽向輪流看著心裡有鬼的我和晶——

「——你們碰巧也能打出一樣的結，就是心靈相通的證據嘛♪」

就這樣，我們因為這個美麗的巧合（？）雙雙紅了臉。

都已經距離真相一步之遙了，最後卻是怦然心動的想法獲勝。

她人怎麼會這麼好啊……

11 NOVEMBER

11月21日（日）

我跟老哥睡同一間房間。咦？雖然慢了半拍，簡直不敢相信！

沒錯。我和老哥睡同一間房間。老哥現在理所當然地睡在旁邊。

我當然會興奮啊！可是這樣真的好嗎？

可是可是，既然太一叔叔和媽媽都同意，那就是這個意思吧！

好高興。我現在一直傻笑，老哥要怎麼負責啊？

這趟家族旅行簡直棒呆了吧？

我看根本就是情侶出遊吧？

沒想到居然跟老哥睡同一間房間——！

我就像這樣興奮不已，結果醜態百出……

我把和老哥之間的秘密，洩露給別人知道了。我知道……在反省了……

現在重新振作，來說說浴衣腰帶的事吧。

本來請老哥幫我綁，結果那好像是男生的綁法……

說到底，我又沒有在穿浴衣，根本不會注意腰帶的位置，幸好陽向幫我發現了！

啊，不過陽向看我和老哥綁腰帶的方式相同，差點被她知道其實我們睡同一間了。

陽向很細心，幸好她最後誤會了……

她那麼可愛、笑容耀眼、頭腦聰明、擅長家事，再加上她的細心，要是跟她結婚，對方絕對沒辦法出軌吧～

我和老哥也不是多會說謊的人，所以也沒辦法出軌……

所以了，老哥，你可不能出軌喔！

他的回答……好像是「呼嘎！」……

不要用打呼回答我啦……

第4話「其實是溫泉熱氣戀慕事件簿④ ～岩洞回聲～」

我們離開旅館，往外湯出發。

我踩著木屐，發出喀喀聲響往前走，覺得心曠神怡。女生們似乎也樂在其中。

我們最先造訪的是名為「二之湯」的地方。

據說是江戶時代的名醫稱讚「藤見之湯，舉世無雙」，所以才會用「二」這個字。

順帶一提，這裡著名的是「岩洞溫泉」。

在天然形成的巨大岩石上，鑿開一個洞，然後從中央隔開，左右按照男女分開。

這與一般的露天溫泉不同，湯池設置在巨大的洞穴中，對我這個喜愛泡溫泉的人來說，稀有得令人興奮。

我壓抑著興奮之情，邊走邊聽女生們閒聊。走著走著，就看見寫有「二之湯」三個字的牌子。

對了，這次家族旅行和合宿都來溫泉地，其實有一件值得慶幸的事。

「那真嶋學長，我們就在這裡分開吧。」

「好。接下來就各自行動吧。」

沒錯，溫泉分成男女兩邊。

換句話說，我不必在意身邊有沒有女孩子。

順帶一提，老爸他們晚一點才會跟我們會合，所以叫我們先泡。來到這裡，我總算有私人時間了。

「人家捨不得……」

「哎呀～落得清淨了～」

先不說西山，我不安地看向晶。對她來說，這是第一次和朋友泡溫泉。我是有點擔心，但也不能因此一起去泡女湯。

「好了，晶，要好好享受喔。」

「嗯。那老哥，待會兒見。」

「好——陽向，妳也要好好享受喔。」

「好！那晶，我們走吧！」

「嗯！」

晶和陽向融洽地手牽著手，穿過布簾。看她那樣，應該不用擔心了。

我就這樣自然而然和女生們分開。如此一來，總算稍微可以放鬆心情了。

不必顧慮誰，在溫泉裡享受片刻的自由——本來應該是這樣。

＊＊＊

我把身體洗過一遍後，首先來泡室內的大浴池。

從剛才開始，就因為霧氣中的檜木和硫磺氣味，感到興奮不已。不過實際泡在水裡後，又有一股無法言喻的心情。

「唔呼～～～」

一路來到這裡的疲勞，隨著我這道反射性發出的聲音，一口氣消融在溫泉當中。這是慶幸自己生為日本人的瞬間。

當我享受完大浴池後，上前打開通往室外的門。

偌大的岩洞隨即出現在眼前。右手邊是隔板，另一邊就是女湯。

姑且算是半露天溫泉吧。一往岩洞走去，就會看到山稜斜面，網路上的照片沒有拍到，不過可以從這裡俯視紅葉。

我踏進溫泉中，便有其他人跟我錯開，離開浴池。

繼續往裡頭走去，占了個位置。這個溫泉利用岩洞塑造出外觀，望著這樣的景致，讓我在新奇之中，也感覺到有趣。

讓水泡到肩膀高度，這裡的水溫稍低於室內的浴池，不過是可以泡很久的水溫，果然非常舒服。

過了不久，除了我以外的人都離開了。這下終於獨占這個美好的岩洞溫泉。

「太棒啦～～～～」

正當我享受著這片刻的自由時——

「嗚哇～好壯觀～～！」

——岩洞中突然迴盪著和陽向很像的聲音。

我瞬間發現一件事。

這裡和普通的露天溫泉不同，因為是在洞穴中，很容易有回音……

即使有用隔板擋著，男湯的聲音和女湯的聲音，幾乎都會被彼此聽見吧。

也就是說，會變成這樣——

「晶，快來，這邊這邊。」

「先……等一下，陽向……呀——！痛死了……」
「晶，還好嗎？」
「呃、嗯……摔到屁股了……啊！我的毛巾！」
「晶——來。」
「謝、謝謝妳……我被陽向看光了，好丟臉……」
「我們都是女生，沒有什麼好丟臉的啦。」
「可是可是，我的胸部很小啊……」
「不用在意啦。妳的皮膚很漂亮呢～」
「陽向才是——我可以摸一下嗎？」
「咦？那邊有點……晶，好癢喔！」
「嗚哇～好軟！摸起來好舒服！而且好滑嫩！」
「等一下，不行啦——！討厭！晶！」
「呀！陽向……很癢啦！」
「看招看招～這是回敬妳的♪」
——我即時聽著兩名女孩子非常有臨場感的嬉鬧聲。

晶和陽向以認同彼此差異的心態，或者是以謙遜，或者是以稱讚，抑或是以接觸的形式，深化彼此的了解。

我不斷想像、想像、再想像那幅令人會心一笑的場景……——

——不行，不對！我想像個什麼啊！

我急忙甩開邪惡的妄想。

然後馬上這麼告訴自己：那不是我認識的晶和陽向的聲音。

否則的話，我會想像自己的妹妹和朋友的妹妹尖叫嬉鬧的模樣，然後露出下流的嘴臉，變成一個當不了兄長楷模的下流男人。

這樣不只無法面對她們兩個，今後更不知道該拿什麼臉去見光惺。

所以那不是她們。我猜一定是同名，而且聲音、體型都很像的別人。

沒錯。雖然那個叫「晶」的女生，說話男孩子氣，卻也沒什麼好稀奇的。應該吧。而且我認識的陽向，不是個受到惡作劇還會反擊的女孩。應該吧。

總之別管她們，繼續慢慢泡湯吧——

「嗚哇！好棒！天音，光看到這個就很感動了耶！」

「呵呵，聽說第一次來的人，都跟和紗有一樣的反應喔。」

——啊，這下肯定是晶她們了。

沒想到這時候會蹦出西山和伊藤的名字，我也只好承認是她們了。

「話說回來，和紗，可不可以不要扯我的毛巾？」

「有什麼關係嘛，又不會少一塊肉～♪」

「拜託，不要在這種地方大叔化好不好？」

「因為天音很漂亮啊～」

「好好好，我不需要這種客套話。」

我的腦海裡不小心浮現西山對伊藤毛手毛腳，結果稍微受到訓斥的模樣。

這幅光景偶爾也會在社辦看見，即使只有聲音，也大致可以想像是什麼情況。

「哎呀～！我們戲劇社的兩大巨星正在享受嗎！」

——現在西山纏上晶她們了。

「和、和紗，不是啦。是晶突然……」

「因為陽向身材太好了，我好羨慕～」

「若要論身材，天音也不會輸喔——」
「呀！和紗，慢著！我的毛巾！」
「嗚哇……」
「真的好美……」
「妳、妳們兩個不要一直盯著我看！和紗，快把毛巾還我啦！」

——總而言之，這是不能聽的對話。

話說回來，要是我現在出聲說：「妳們很吵耶，別鬧。」她們就會知道我在這裡。
那麼聽到剛才那段對話的我，會受到什麼對待？
而且之後和她們之間不會尷尬到極點嗎？
只要我一句話都不說，直接離開現場，這個問題就能迎刃而解。但唯有一個問題——我現在有個非常細膩、敏感的問題。
自己也算是個有想像力的健全男生。
我想像直到剛才為止，在隔壁上演的情境，現在處於身為一個男生，不太能離開浴池的窘境……

因此現在只能靜靜封閉耳朵，心平氣和地等待時間過去。
時間會替我解決一切。
我如此相信——
「——哎呀哎呀？大家都在這裡呀？」
——哎呀哎呀，大魔王登場了。
「美、美由貴小姐！」
「嗚哇！美由貴小姐未免也太美了吧！」
陽向和西山這麼讚嘆。
——嗯，我懂。現在說著「怎麼這麼美……」的人，應該是伊藤吧。
「在這麼年輕的女孩子們面前，還真有點害羞耶……」
「媽、媽媽！毛巾！前面遮一下！」
「為什麼？這裡不是只有女生嗎？」
「不、不是這個問題啦！」
晶因為自己的母親登場，慌亂不已。

我跟老爸去澡堂，就不曾如此在意，不過即使晶看慣美由貴阿姨一絲不掛的模樣，在朋友面前，卻是另當別論吧。

「請問我可以摸一下嗎？」

西山表現出多餘的積極心態。美由貴阿姨則是回答：「好，請摸。」感覺不是很介意。

「──唔哇！好棒！明明很緊實，卻好軟！」

妳是特地實況給我聽的嗎？對身在男湯靜待時間流逝的我來說，這份貼心根本沒用──不過原來如此，大致明白是什麼觸感了。

「我這樣其實已經開始下垂了，很辛苦喲。年過三十之後，就是一場和重力的戰鬥。但年過四十之後，只能拚命想著該怎麼掩飾。」

「才沒有這種事！往上挺得很漂亮啊！」

「呵呵，這是每天洗澡按摩的功效吧？」

這時候，始終保持沉默的陽向出聲了。

「我對這個很有興趣！」

連我都很意外，不過這的確是和陽向息息相關的話題。

畢竟在她們四個女生當中，未來最有可能要和重力戰鬥的人，就是陽向了。再來按照順序是伊藤、西山，然後是晶……我突然想幫晶加油了。

不對，妳繼承了美由貴阿姨的基因，總有一天會……不不不，質量不重要，形狀比較重要——要是說出這種話，感覺會被晶罵死，但我依舊堅持這樣的想法。

「好的。」

「我以前負責過美容節目的化妝工作，這是當時那位私人教練教的。也教教陽向吧。」

「那麼，首先用手指，從鎖骨往下到胸大肌這邊，這樣——」

「……唔！啊……請、等一下……」

「哎呀哎呀，會痛嗎？」

「不會，很舒服，可是被別人摸，總覺得怪怪的……——請繼續吧。」

「接下來握拳，一點一點滑動——」

「啊……請等……呀！」

「就這樣重複——」

「呀……再……繼續就——啊！我那邊……很敏感……不行！啊……——」

——出事了。

儘管我心想不能聽，卻無法控制地仔細傾聽。

不知道其他三個人是用什麼表情看著這一切？

「嗚哇～原來要那樣啊……」

發出這聲感嘆的人，果然是伊藤。她是想學起來，好自己按摩嗎？

這時插嘴是多餘的吧？就是多餘的沒錯……

陽向接受完美由貴阿姨整套按摩指導後——

「謝……謝些……妳……」

她發出整個人彷彿癱軟無力的聲音致謝。

此時換西山發聲：「再來麻煩換我。」

「和紗跟我差不多，應該不需要吧……」

——哦，晶，吐槽得好啊！

「說不定以後需要啊？晶未來會變得像美由貴小姐這樣耶。」

「這、這樣啊……我還會再長啊……」

「沒錯！我們還會再長喔！」

「妳說得對！那我也想跟媽媽學！」

——妳怎麼能被說服啊！雖然確實是可以期待啦！

好了，美由貴阿姨會怎麼應對呢？我猜她會苦笑吧——

「不然我教妳們豐胸的按摩法吧？」

——不愧是美由貴阿姨。

這樣啊，原來有這招啊……

「『拜託妳了！』」

想當然耳，晶和西山都上鉤了。

西山爭先恐後地上前，說：「麻煩妳了！」

「首先跟陽向一樣，從鎖骨下方——」

「啊呀！啊，這個……不妙！」

「哎呀哎呀，會癢嗎？」

「有一點……不過還可以繼續。」

「再來用三根手指，在側邊轉三十秒——」

「等……這個不行！真的……是這樣嗎！」

「再來一樣，用三根手指在下方轉——」

「啊……等……我不行！那邊……啊……等——」

「接下來抬高——」

「呀嗯！」

「從旁邊往中央撥——」

「等……美由貴小……那邊……啊……——」

「最後收尾——」

「唔～～～～！」

「再做一次最終確認——」

「啊……不能再……等……！啊、啊、啊……——啊啊～～～！」

這時候不知道為什麼，我的腦中浮現整個人向後仰的西山。

「如何呢？」

「呼……呼……呼……」

「哎呀，討厭，泡暈頭了嗎！」

「偶……偶沒素……」

西山已經連話都說不清楚了。

到底要做什麼樣的按摩，才會演變成如此事態呢？

面對無法理解的事，我感到一絲恐懼——不過還真沒想到那個西山會被**擊沉**。

「那再來就輪到晶嘍。」

「不，我還是算了……」

我認為這是很聰明的判斷。

但說到哪裡失算了——

「放心吧。只要學會做法，以後妳就能自己來了——」

——就是對方是那個美由貴阿姨。

她平常個性穩重，很懂得變通。可是一扯到美容，就有很強的專業素養——用一句「還是不用了」就想作罷，她可沒這麼好打發。

「等……媽媽，妳不要過來～！」

「好了好了，交給媽咪吧——」

「不行不行！我真的、我……！啊啊～～～……——」

總而言之，她們母女感情好，是一件好事。

我反射性「呵呵」笑出來——正好這時候，有人打開了男湯的門。

「哦，涼太，水溫怎麼樣啊？是說你幹嘛一個人在傻笑？」

老爸啊啊啊啊～～看一下時機好嗎～～～～～～！

「——哎呀，太一？你在那邊嗎～？」

「嗯，美由貴？喂～！」

老爸對著根本看不見的女湯揮手——而我卻顧不得悠悠哉哉。

「什麼！老哥，你在那裡嗎！一直都在！」

「我不在！」

「明明就在啊——！」

晶的怒吼隔著隔板，響徹現場。

「涼太學長，你在那裡嗎？」

「對，我在……」

「為什麼對陽向就這麼老實啊——！」

我知道現在說藉口也沒用，但相信陽向會諒解。

「真嶋學長！你在傻笑……該不會是！」

「西山，不是喔！」

「我們剛才的對話，你都……你全都聽到了吧！」

「我就說那是——」

我的話語一時之間卡死，老爸卻一愣一愣地說：

「全聽到什麼？」

「老爸你閉嘴！」

「為什麼啊！」

——就這樣，我根本不知該怎麼應付，結果後來，只能跟在大廳堵我的女孩們對峙。

＊　＊　＊

「——好了，實話實說，你都聽見了嗎？」

這是西山說的第一句話。

才剛泡完澡，她的肌膚充滿升騰的熱氣，但現狀已經丟臉到讓她的肌膚變得更紅了。

「我實話實說。都聽到了，對不起……」

我愧疚地低頭，陽向立刻幫忙說話：「學長沒有錯啦。」

伊藤也表示：「只是我們自己在那邊吵鬧啊。」並未介懷。

西山見陽向和伊藤這麼說，嘆了一口氣。

「……也對啦。畢竟學長也不會知道我們在隔壁，而我們也有錯。」

看來她明白這不是我的錯了。

「不過西山，妳還是在生氣吧……」

「不，那個……我只是覺得有點丟臉，沒有在生氣啦……」

她的態度看起來就是在生氣，但既然她都這麼說了，就是沒生氣吧。或許這是西山掩飾害羞的方式。

「……那真嶋學長，我可以借一步說話嗎？」

「咦？」

西山稍微把我帶開，然後在耳邊輕聲問道：

「講真的，你想像了嗎？」

「講真的，我想像了……」

這道問題我也老實回答後，只見西山又紅了臉，感覺好像會冒出熱氣。

「這件事請你好歹說謊一下啊，真是的～……」
「呃……對不起……」
「……算了啦，但剛才的『聲音』，請你要忘記喔。」
「好，我會妥善處理——」
——說是這麼說，那聲音已經附著在耳朵上，有好一陣子是不會消失了。
不過我最在意的人——悄悄看了晶一眼。
只有晶一個人從頭到尾紅著臉，好像有話想說。

＊＊＊

後來我們一起離開「二之湯」。
在前往下一個外湯的路途中，走在身旁的晶拉了拉我的浴衣袖子。
「老哥，剛才那件事……」
「什、什麼事？」
「我可以問個問題嗎？」
「怎麼了？」

晶縮起身體，滿臉通紅，不知道是不是因為覺得害臊而難以啟齒。

「我剛才的聲音很怪嗎……？」

「哪裡怪？」

「我是說，就是……不像我的聲音，要怎麼說呢……」

看來晶介意的是這件事。

因為和平常的音色不同，她不想被我聽見。

「沒啊，不奇怪。」

「不然是什麼感覺？」

說實話，我不太想把感想說出來。但要是不說，她可能會追問到天荒地老。

「我想想，就……是有點嚇到，不過也心動了一下……」

所以我如實回答，然後別過臉。

感覺得出來，自己的臉已經紅到耳根子去了。

「這樣啊……」

「對、對啊……」

我是搞不太懂，不過之後晶還是紅著臉，就這麼走在我身旁。

——順帶一提，這是我後來聽老爸提起的。據說美由貴阿姨離開溫泉後——

「年輕女孩的肌膚果然就是光滑有彈性，真好呢～」

如此悠哉地笑道。

11 NOVEMBER

11月21日（日）

我又醜態百出了……真的好丟臉……

跟戲劇社的人去外湯的時候，我被媽媽按摩，發出了怪聲……

在大家面前叫出來，而且在隔壁的老哥也全聽見了……

嗚嗚，好丟臉……要是老哥覺得我的聲音很奇怪，那該怎麼辦？

可是老哥說他有點心動，所以就算了吧……這可以算了嗎？

總之，今天只去了三個外湯。

很懷疑是否有辦法七個外湯都泡到，可是每一個浴池的氣氛都好棒，忍不住泡很久。

剛開始，我覺得跟大家一起泡湯好丟臉，可是泡著泡著就習慣了。

大家都是女生也是原因之一，但也有可能是因為我跟她們很要好。

可以不在乎他人眼光泡湯，或許是我成長的證明。

老哥之前很擔心我無法跟別人泡澡，

這下子他的擔心就少一個了！

嗯……這樣好歸好，總覺得好寂寞……

要是我繼續消除老哥的憂心，

他有一天會不再照顧我嗎……？

我還想繼續跟老哥撒嬌，但要是他對我說：「妳一個人已經沒問題了吧？」之類的，我可能會不太高興……

老哥，我還想繼續跟你撒嬌啦～……

所以說，不要用「唔嘎」這種打呼聲回答啦……

第5話「其實是溫泉熱氣戀慕事件簿⑤　～繼兄的過失～」

由於晚餐時間快到了，我結束外湯巡迴，往旅館前進。

回程路上在第二個外湯「鶴之湯」與分開行動的女生們會合。

她們對待我的態度還是一如往常，彷彿剛才沒發生「二之湯事件」，真是太感謝了。但只有一個人——只有晶低著頭，表情顯得有點陰暗。

我覺得很在意，本想出聲叫她，沒想到她踩著喀喀作響的木屐，小跑步來到我身邊，然後黏在我的身後。

總覺得怪怪的，還是開口攀談：

「晶，外湯好玩嗎？」

「嗯……」

反應好冷淡——才剛這麼想，她的臉又慢慢轉紅。因為剛才的事，我也有點不知道怎麼面對她，也只能盡力假裝冷靜。

「妳的臉好紅喔。泡暈了嗎？」

「沒有，我沒事……」

「是喔。好期待晚餐的菜色喔。」

「嗯……」

「老爸說他們已經回到旅館了。」

「嗯……」

「……晶，怎麼了？」

「沒什麼……」

雖然她說自己沒事，但就是很奇怪。

不過我認得晶的這種狀態。

看樣子是久違地啟動了「乖乖牌模式」。

晶的乖乖牌模式最近完全消聲匿跡，其實她本來就很怕生。平常像個弟弟一樣活潑，然而一旦來到人前，就會像這樣，變成一個清純、內向的女孩——在一個月前是如此。

話說回來，為什麼會事到如今啟動「乖乖牌模式」呢？難道是在跟其他女生泡溫泉時，看到陌生人，突然開始害羞了嗎？

陽向看晶這樣，也很擔心。

「晶，妳怎麼了嗎？」

「沒有，我沒事……」

陽向以視線問我「晶是怎麼啦？」但我也只能歪頭，表示「不知道」。

到頭來，晶只是用力抓著我的羽織，一路沉默到旅館。

＊＊＊

我們決定直到晚餐前，暫時先回房間打發時間。不過和晶同一間，我依舊覺得很尷尬。

晶一進房間，就趴在靠窗的床上，把頭埋進枕頭裡。

我背對著晶坐在隔壁床上，滑了一陣子手機，但晶還是保持原樣，沒有動靜。

感覺不太對勁。

晶剛才都說「沒事」了，我明明可以不管她，然而總覺得要是不管她，我們便會漸行漸遠，所以我必須開口說些什麼。

自己的壞習慣是總想用言語填滿沉默。

我覺得非常不安，於是決定若無其事挑起話題。

「晶，肚子會餓嗎？」

「一點點……」

「一點點啊？對了，因為三點吃過烤肉串了嘛～」

「嗯……」

「藤見之崎比我想得還好玩耶。有來真是太好了。」

「嗯……」

她果然怪怪的。

我們獨處的時候，她應該會切換成「在家模式」，現在卻完全沒切換。

——難道我又誤會什麼了嗎？

剛才覺得她是「久違地啟動了『乖乖牌模式』」，但說不定根本是切換成更不一樣的模式了？或許她現在覺得跟我相處很難受？

「晶，關於等一下吃完飯之後——」

「老哥。」

「——嗯？怎麼了？」

「你來這邊。」

「呃……噢……」

我靠近晶躺著的床，她還是與往常不同，沒有要飛撲過來的跡象。輕輕坐在晶的旁邊，但她並未開口說些什麼，還是把臉埋在枕頭當中。

——現在該怎麼辦才好啊……？

我突然看向夜色不斷逼近的窗外。

開始自問自答，想知道自己是不是又搞砸了什麼事，卻只想得到「二之湯」那件事。總之先等晶主動開口。

我們默默不發一語，最後房內完全變暗了。

我想站起來開燈，結果有一股重量壓著自己的浴衣。是晶拉著我，感覺就像要我別走。

「怎麼了？妳從剛才開始就怪怪的喔。」

晶「嗯」了一聲後，悶在枕頭裡，開始說話：

「我正在跟貪心的自己拔河。」

「貪心？」

接著晶嘆了一大口氣。

「我想盡情對老哥撒嬌。非常想撒嬌……」

「呃……那就撒嬌啊。」

說完才恍然大悟。

晶想說的，就是她想撒嬌，卻不能撒嬌吧。

「要是撒太多嬌，我會越來越喜歡你……」

「妳……說的不是身為兄妹的喜歡，對吧？」

「嗯。是身為異性的喜歡。我好喜歡你。今天來到這裡，決定我們要睡同一間的時候，就完全把我和老哥當成一對情侶了。然後就……興奮到不行……」

「原來是這樣啊……」

「我明明知道大家都在，卻很想做些情侶會做的事，整個人按捺不住——可是其實我也很想在大家面前多跟老哥撒嬌……」

——我懂了。她是顧慮到我，才隱忍著不撒嬌啊……

我覺得她楚楚可憐，於是摸了摸她的頭。

「老哥，一下下就好，可以抱緊我嗎？」

「可、可以是可以，可是妳躺著——」

「你躺在我旁邊。」

「啊……噢，嗯……」

我靜靜躺下，伸手環抱晶。

這時候，晶稍微露出她的臉龐。她的雙眼水嫩靈動，而且滿臉通紅地一直盯著我看，好像想要求我做些什麼。

不知道是因為剛泡完澡，體內蘊含著熱氣，還是血液循環變好了，我不斷冒汗。

「怎、怎樣？滿意嗎？差不多可以了吧？」

「再一下下……」

「呃……我覺得很難為情耶……」

「就一下下……」

好一個撒嬌鬼。

她只會在我們獨處時，露出既不是繼弟，也不是繼妹的表情，而是女友撒嬌的表情。

我想這一定是從「在家模式」直接換檔而成的「甜蜜女友模式」。

我實在拿自己命名的品味沒轍，但應該就是如此。

「啊啊，不行了，我忍不住，沒辦法壓抑了——」

「喂、喂！什麼叫沒辦法壓抑啊……」

我整個人慌了手腳。

在這種狀況下無法壓抑的意思——就是那樣吧。

「現在好像只有一個辦法，可以壓下這股衝動。」

「怎麼做？」

「你明明知道吧？我想跟老哥做的事情——」

晶以央求的眼神看著我。

「──本來想忍到晚上的，但還是沒辦法。」

「到底要幹嘛──」

「老哥，現在馬上來做吧？」

「……唔！不……可是晶，這……」

「真的不行嗎？是不是會被旅館的人罵啊？」

「不是，我覺得……應該是不會被罵……」

「那拜託你嘛，一次就行，好嗎？」

「可是晶，馬上就要吃晚餐了──只剩三十分鐘耶。」

「如果有三十分鐘，應該可以來個一次、兩次──」

「拜託，一旦有了一次，肯定就停不下來了。到時候一定會無法回頭喔。」

「我也覺得會這樣──」

晶閉上眼睛。

「──可是我無論如何都想跟老哥來一次啊。」

當她再度睜開雙眼，眼中便飽含覺悟。

我曾經見過這樣的眼神。

那是認真、筆直又清澈的美麗眼眸。

仔細想想，我以前一直逃避著這對眼睛。應付不來。覺得很可怕。感覺這雙眼眸好像看透了我的心，所以總是猶豫是否直接對上她的視線。

但是看樣子，我必須下定決心的時刻也到了。

「既然你什麼都不說，就代表可以吧？」

晶緩緩下床，往放在房間角落的行李箱走去。接著慢慢拉開行李箱的拉鍊，開始摸索。

「幸好有拿來。」

「妳都做好準備了嗎？妳早知道今天會變成這樣……」

「感覺啦。但我不知道會不會真的用上……」

晶回頭看著我，臉紅得就像被人揭穿惡作劇的小孩子。

「老哥在外湯已經聽到我丟臉的聲音了，再來換你發出窩囊的聲音給我聽了喔。」

晶逞強地半開玩笑這麼說，這讓我覺得她真是無比惹人憐愛。

「老哥，我會好好疼愛你一番的……——」

——二十分鐘後。

「——哎呀～跟老哥來一次果然很舒服～！」

「呃……啊……嗯……」

「老哥，你差不多該投降了？」

「呃……啊……嗯……」

「可是不～行。反正還有時間，再戰一回吧！」

「呃……啊……嗯……」

「是說老哥，拜託拿出更多真本事好不好！菜成這樣，很沒意思耶。」

「呃……啊……嗯……」

「老哥，你從剛才開始只會說『呃……啊……嗯……』，是怎麼啦？」

「呃……啊……嗯……」

「好冷淡～！再多拿出一點幹勁啦！」

我並未正眼看著不滿的晶，整個人完全放空。

空歸空，這或許已經是「宇宙」等級了。

我的意識早已脫離肉體，身體變成全自動「呃……啊……嗯……」回答機了。

——原來如此，這或許就是所謂的無我境界。
說到我為什麼會變成這樣呢？
畢竟自己和晶現在在做的事情——
「那我下一場用培里提督打打看吧～他在『3』從隱藏角色變成正規角色了～」
——沒錯，就是「終武3」。
我們把遊戲主機接在房間的電視上玩。
就是這樣。
沒想到晶除了把「終武3」還有遊戲主機從家裡帶來，還拿了其他遊戲來。
甚至以「不能讓她寂寞」為由，把「中澤琴公仔」放進盒子裡帶來。
哎呀，真是讓人跌破眼鏡的繼妹啊。
她做的事情就跟男生們把遊戲主機帶去校外旅行一樣。
「老哥，你從剛才開始，就一直用**和尚**耶。」
「我現在就是想用和尚啦——」
——月性。
他是和吉田松陰交情很深的尊皇攘夷派的武鬥派僧侶。
這個人主張「應該確立不問出身，由有志者組成新的兵制」。

他是第一個提倡海防重要性的人，所以也稱作「海防僧」……絕不是海法師。

他熱愛詩歌，個性穩重，但也有激動的一面。

與人爭論時，完全不會退讓，一旦喝了酒，更是會揮槍舞劍。

——不不不，現在這件事一點也不重要。

「想用和尚是什麼樣的心情啊？」

「感覺好像要頓悟了。不對，說不定已經頓悟了。」

「哦～我是聽不太懂啦，可是不重要。那我們再來一場吧♪」

「呃……啊……嗯……」

我又差點隆重誤會了。就某種層面來說，算是一場隆重的烏龍，但若不是一場誤會或烏龍，不知道現在會變成什麼樣子……

我開始反省自己在觀光勝地有這種開放的想法。

拜託，說真的——

好險啊啊啊～～～～～～

我在心中大大吐出不知是放心還是惋惜的嘆息，接著繼續陪晶玩遊戲——然而一回過神來，我的血條已經少了三分之一。

「——好，有機可乘！」

晶說完的瞬間，電視畫面出現被美化成堪比好萊塢影星的培里提督切入鏡頭——

『——聽到了嗎？這就是文明開化之聲。』

之後，畫面側邊突然出現黑船艦隊，船艦同時開啟砲門，然後射擊。

諸多砲彈就像煙火一樣射出，爆炸之後占滿整個畫面。

這是培里提督的超必殺技「速射連發砲火（Star Mine）・開國特製」。

提倡海防的僧侶被迫見識到從海洋另一端來的壓倒性力量差距，淒慘地趴在地上。

『鎖國簡直可笑至極。井底之蛙不知大海遼闊，卻知曉天空蔚藍？那不如好好認識世界的遼闊。』

培里提督的勝利台詞——真是帥得讓人起雞皮疙瘩。是說，你真的是教科書裡的那個培里提督嗎？

「培里大人好帥！把他當成僅次於琴帥的愛用角色好了！」

「培里大人……是吧……」

「老哥，再一場！再一場就好！」

「呃……啊……嗯……」

就這樣，我們超過集合時間五分鐘，才終於開始往老爸他們正等著的宴會廳移動。

——「甜蜜情侶模式」？

一想到我發明了這個鬼名詞，要是這裡有洞，還真想鑽進去。

「老哥。」

「幹嘛？」

「你是不是期待發生別件事？」

「唔咕————！」

——訂正。

誰來替我挖個洞，把我埋了吧……

＊＊＊

後來我們尷尬的關係總算恢復原狀，來到宴會廳吃晚餐。
這一帶的旅館不是在各自房間用餐，而是把宴會廳當成餐廳，享用在那裡備好的餐點。
我們在走廊就能嗅到香味，一進宴會廳，馬上就看到已經有幾組客人在用餐，其中包括西山她們那群戲劇社的成員。
「啊，兩位，我們已經先開動嘍～」
「可別太放縱啊。」
「安～啦！別看我們這樣，我們都很溫婉賢淑。」
「除了妳啦……」
我跟西山耍了幾句嘴皮子後，便去找陽向說話。
「陽向，料理好吃嗎？」
「好吃，非常好吃！我學到了很多，希望也可以在家做出這種風味！」
陽向說完，將一口火鍋的高湯送入嘴裡。
「不知道這個高湯是怎麼做的？如果晚一點去問，他們會告訴我嗎……」

然後喃喃說著。

真不愧是賢慧的陽向。果然是個平常就有在下廚的人。

我也希望晶可以向她看齊，但我的手藝也沒多好，沒資格對別人說三道四。自己是不是也該精進料理的手藝呢？

「啊，老哥，你現在心裡想著要我跟陽向看齊吧？」

晶瞪著我。

「妳為什麼知道啊？不，我是在想，自己也得精進料理的手藝了。」

「我比你還會做菜吧！」

「妳說的料理，是指完全不用菜刀的那個吧？妳明明只用了微波爐、瓦斯爐，還有熱水壺，卻說自己會下廚，我覺得這個有待商榷。」

「老哥，你不知道嗎？一流的主廚都不用菜刀，只會試味道喔。」

「喂，人家當然是拿著菜刀，靠料理的手藝往上爬的人。不要把主廚講得好像江戶時代的試毒人。」

不過試毒的人也是有賭命保護主君的重要任務，不能瞧不起人家。

陽向聽著我們一來一往，忍不住笑出來。

「好了啦，你們兩個。還有涼太學長，你搞錯一件事了喔。」

「咦？」

「下廚重要的是『愛情』。只要心裡想著心愛的人動手做菜，就算不用菜刀，也是名副其實的料理喔。」

陽向說的話莫名有說服力耶。而且讓人心動。

但我知道這樣的思維不是什麼時候都有用。

「陽向說的話很有道理，但按照這個邏輯，我知道有個人在泡泡麵的時候，一定會說自己有灌注愛情，然後主張那是料理——」

「老哥，我洗耳恭聽。已經準備好跟你好好談談了。」

「沒人說是妳吧？」

「啊哈哈哈……傷腦筋了……」

陽向一臉苦笑。

「總之我會好好學習要用菜刀的料理。」

「那我就一邊想著心愛的人，一邊磨刀吧～」

——這傢伙是病嬌嗎？

這時候，始終在一旁默默聽著我們說話的伊藤小聲說：

「感覺好像剛開始同居的情侶在鬥嘴一樣……」

我和晶不堪負荷，整張臉都紅了。

＊＊＊

與戲劇社的成員說了幾句話後，我前往老爸他們的座位。

但只有美由貴阿姨一個人在那裡。她拿著手機，認真地在打字，當她發現我們靠近，便露出笑容。

「哎呀哎呀，你們終於來啦？」

「不好意思，美由貴阿姨，讓妳久等了。」

「媽媽，對不起——奇怪？太一叔叔呢？」

「他正在接工作上的緊急電話，應該還在房間裡吧。」

真嶋家對這種事情司空見慣了。在享天倫之樂時，有工作上的電話或LIME，都不是什麼稀奇事。

不只老爸，美由貴阿姨也會突然接到工作上的聯絡，晶在美由貴阿姨再婚前，也已經習以為常了。我猜，在我們過來的前一刻，她正在用手機聯絡公事吧。

不過美由貴阿姨在吃飯或是和家人齊聚一堂時，完全不會看手機。她想要努力重視與家人相處的時間，這點跟老爸不同。

老爸在吃飯的時候，不只會講電話，還曾經講完電話後，就說要去一趟工作現場。

乍看之下，他像個不重視家人的父親，但我知道沒有這回事，所以並不在意。

可是成了新家人的她們又會怎麼想呢？

看到老爸這樣，會不會覺得討厭呢？

「要等老爸來嗎？」

「他說我們可以先吃。」

「可是這樣好嗎？要是我們先吃了，太一叔叔不就……」

「沒差吧。來，把老爸的份也吃光光吧。」

她們兩人顯得有些過意不去，但開動之後，也漸漸不再提到老爸。

相對的，美由貴阿姨問了這個問題：

「那麼涼太有喜歡的女孩子嗎？」

……是跟老爸一樣的問題。

「不，沒有喔──噫唔！」

「怎麼了嗎？」

「啊，沒有，沒事啦。啊哈哈哈……」

晶在桌子下捏了我的大腿。我趁美由貴阿姨不注意，瞪了晶一眼，結果她卻若無其事地吃著晚餐……這傢伙……

「不過應該有在意的人吧？戲劇社裡沒有這樣的對象嗎？」

「沒有啦～完全沒有……」

「啊，你覺得陽向怎麼樣？她很賢慧，將來一定是個好太太喲。」

「真巧，我也有同感——噫嘰！」

我的腿又被捏了。

「哎呀哎呀，難道是生魚片裡有刺嗎？」

「是、是啊，就是這樣……」

捏我的元凶依舊事不關己地吃著晚餐。

真是個機靈的傢伙。她手裡明明拿著筷子和小缽，到底是在什麼時候捏我的腿，實在是神奇到不行。

「陽向配我太糟蹋了，我這種人不行啦，啊哈哈……——」

——我若有似無地向晶釋出「所以妳不用吃陽向的醋喔」的訊息。

「才沒有這種事呢。你很棒喔。如果我是高中生，說不定會喜歡上你。」

「哎呀～雖然對不起老爸，但很高興妳能這麼說——噫嘰！」

「哎呀，討厭，火鍋太燙了嗎？」

「是、是啊，有點燙……」

——晶，剛才絕對不是可以捏我大腿的時機。

美由貴阿姨只是在說客套話啦。幹嘛吃媽媽的醋啊……

「晶對涼太有什麼想——」

「超喜歡。」

——喂，秒答喔！而且妳這樣回答這個問題，不會出事嗎！

「可是呀～晶一天到晚都黏著涼太，這樣人家也沒辦法交女朋友吧？你們兄妹是相處得開開心心啦，可是學生時代的戀愛真的很重要喔。妳也要交個男朋友喔。」

「我跟老哥在一起很開心，所以已經夠了。」

「哎呀哎呀，涼太，她這麼說耶。看來她已經澈底喜歡上你了呢～」

「啊……是啊。我很高興。能有晶這個妹妹，我也……啊呀！」

「涼太，你從剛才開始是怎麼啦？豆腐裡也有刺嗎？」

「沒有，豆腐就是豆腐……要是有刺，就是人家惡作劇了……」

——為什麼要摸我的大腿啊！妳到剛才為止那副事不關己的臉孔上哪兒去了！話說不要嬌羞啊！

「對了，我有一件事之前就想問你了。」

「什麼事？」

「你不是都叫太一『老爸』嗎？是幾歲開始叫的？」

「呃～我忘記了耶……不過應該是小學的時候吧。為什麼要問這個？」

「因為晶呀～上國中之後，就不叫我媽咪了，好傷心……」

我看了看晶，只見她一副「這不是廢話嗎？」的表情。

「叫媽媽就行了吧？又沒差。」

「媽咪想要妳叫我媽咪呀……」

「可是很丟臉耶。身邊的人都叫媽媽，只有我是叫媽咪……」

「就是如此──我以前也是叫爸爸，但事到如今不會想變回去了……」

「哦～原來老哥以前是叫爸爸啊？為什麼後來會變成老爸？」

「……因為老爸聽了會開心。」

晶和美由貴阿姨都滿臉問號。

「所以晶，妳也可以不叫他的名字，而是叫老爸喔。他一定會很開心。」

「咦～可是老爸這個叫法實在有點……」

「被女兒這麼叫，的確會很難受吧……」

「沒這回事啦。他是老爸啊。」

我們就像這樣聊著，最後說曹操，曹操就到，老爸終於出現。

「抱歉，久等了！」

我這才覺得總算解脫。這麼一來，話題總會改變了。

「太一，工作怎麼樣了？」

「好像是下屬搞砸了，我有先做出指示，可是——」

老爸的表情顯得有些尷尬。

「——我要稍微用一下電腦。美由貴，抱歉，我們之後的行程取消吧。」

老爸之前說重要的家族旅行不必帶電腦，結果為了以防萬一，還是帶來了。

我其實隱約有料到事情會變成這樣。

以前跟老爸一起出遊時，也曾經碰到公司打電話來，結果原本預定三天兩夜的旅行，突然變成住一晚就回家。

這次沒有影響到整體旅行時間，還算好的了。

相較於老爸滿臉都是愧疚，美由貴阿姨則是開朗地說：「那就沒辦法了。」

這明明是可以生氣的狀況，也是可以氣到傻眼的時候，但我感覺得到美由貴阿姨正努力諒解老爸。

好像知道老爸為什麼會愛上美由貴阿姨了。

因為她能體諒與同理——不對，更要緊的是，她是個會退讓、也會依靠別人的人，相處起來讓人很放心。

「以後一定會補償妳。」

「好。那我明天要買很多土產，送給工作上往來的人。所以就麻煩太一拿東西嘍。」

美由貴阿姨笑吟吟地這麼說。

那抹瞬間流露的笑容——

『那應該也無可奈何吧？』

——就跟晶在新幹線中，對我露出的表情一模一樣。

那是內斂、放棄掙扎的笑容。

她們果然是血脈相連的母女，所以這種表情才會很相似吧。

我想她心裡或許覺得這個約定無法實現。也可能覺得根本不必實現。

另一方面，即使我和老爸沒有血緣關係，依舊是他的兒子。

『所以你可以放心毀約，沒關係的……』

我果然跟老爸很像，我們都有這種令人遺憾的特質，讓重要的人露出那麼傷心的表情。

晶就這麼忐忑地看著這樣的爸媽。

＊＊＊

當我們吃完餐點，回到房間後，晶馬上嘆了一大口氣。

她沒有先衝向遊戲主機，而是坐在自己的床上。我能大略料到晶在想些什麼。

「老哥，我有話想說，可以嗎？」

「妳想說老爸的事嗎？」

「不是，是太一叔叔和媽媽。」

晶認真地看著我的臉。

「老哥有聽說我的媽媽和爸爸離婚的理由嗎？」

「有啊，多多少少——」

暑假的時候，美由貴阿姨有說過。

她說是很常見的「價值觀不同」，所以才會分開。

說實話，我什麼都說不出口。因為我既認識建先生，也認識美由貴阿姨，就立場而言，無法幫誰說話，也無法評斷是誰有錯。

這應該是因為我總會以晶為基準看待事物。

我認為美由貴阿姨和建先生都很重視晶。於我而言，只要知道這件事，無論現在或是過去的他們對彼此有什麼想法，也就不怎麼重要了。

如果他們是因為彼此價值觀不同才分手，那就這樣吧。

至少晶現在沒有受罪，那就行了。

「——我是聽說因為價值觀不同，才會分開。」

「爸爸他們感情破裂，是因為生活總是錯過，但我覺得跟金錢與生活態度不同有關。」

晶把「價值觀不同」換成「生活態度」不同。

因為雙方所處的位置不同——感覺變得好立體。然而對我來說，與其用價值觀這個曖昧的概念，這種說法更具體易懂。

「老哥，你第一次跟我見面的時候，想縮短我們之間的距離對吧？」

「後來妳也主動縮短距離了——」

——只不過我覺得「兄妹」和「男女」之間縮短距離的方式不一樣……原來如此，或許這就是價值觀的不同。

雖然彼此稍稍錯開成兩條平行線，但我們互相靠近彼此的結果，造就了現在的我們。

「——我們實際上也像這樣，距離縮短了不少，可是我覺得爸爸和媽媽並沒有想修復已經錯開的距離。」

「原來如此。所以妳擔心老爸和美由貴阿姨漸行漸遠嗎？」

「嗯。要是今天這樣的事情不斷累積，未來有一天會不會變成那樣……」

「這個……還真不想去思考耶。現階段看起來，應該是沒問題啦。」

不過即使我這麼說，晶還是很不安吧。

她非常擔心萬一就這麼放著不管，那兩個人可能會因此感情破裂。

「有沒有什麼事是我們能做的啊？」

「什麼事是指什麼？」

「就是讓媽媽他們在這場旅行中，感情越來越好。」

「只能創造他們獨處的時間吧。」

「不行，要更有力、更有效的比較好。」

「比如什麼？」

「嗯……——去可能會變成兩人回憶之地的地方？」

「原來如此，回憶之地啊……」

我稍微思考了一下。

為了促進夫妻情誼，我們能做些什麼？而且要在沒有事前準備的情況下，在這個旅行地點能做到的事——我們能做的有限，但這或許是眾多辦得到的事情中，最好的一個辦法。

「既然這樣，明天我們就去看看從這邊到得了的漂亮景點吧。現在先來調查一下。」

「嗯！」

我們立刻拿出手機，開始搜尋附近景色優美的地方。

「這裡不愧是觀光勝地，有很多地方可以去耶。摩天輪、水族館——」

「啊，這裡！」

「嗯？妳發現什麼好地方了嗎？」

「啊……還是算了……」

「怎麼了？」

「其實我知道這個地方，但還是……」

「哪裡？」

「這個『星降之丘瞭望台』……」

晶把手機交給我，仔細一看，似乎是個可以看見美麗星空的地方。

只不過上頭寫著，要開車才能抵達。

「這個地方是不錯，可是不行耶。要開車過去……」

「嗯，也對……」

晶露出有些遺憾的神情。

「妳怎麼了？」

「其實這裡是我去過一次的地方……」

「難道是跟建先生去的？」

「嗯……這裡是我的回憶之地。我的名字『晶』的由來，就是出自這個地方——」

晶說完，在片刻的猶豫之後，開始說出自己的往事。

11 NOVEMBER

11月21日（日）

現在老哥一直翻身，翻個不停……

啊啊～好想繼續跟他撒嬌！想歸想，可是會越來越喜歡他～！

一撒嬌就更喜歡，這樣很正常吧？

就異性層面來說，我最喜歡老哥。雖然他只是把我當成妹妹寵愛，所以我才會想對他撒嬌，所以才會喜歡上他……就這樣無限循環！

老哥今天說我口中的「喜歡」，不是身為「兄妹」的喜歡……

老哥，你事到如今說什麼傻話啦！

我當然會很興奮啊。跟最喜歡的人睡在同一間房間，理所當然會興奮到睡不著啊。

可是為什麼老哥可以睡得這麼死啊！

太離譜了！噢，老哥現在的姿勢好可愛……

雙手舉高高，好像小嬰兒喔～！

這是怎樣這是怎樣！太可愛了！他是夢到自己在飛嗎～？

今天結尾要提一件嚴肅的事。

雖然老哥要我別擔心，還是很介意太一叔叔和媽媽他們。

他這樣一直顧著工作好嗎？

我把這件事告訴老哥後，他也願意幫忙。

希望明天我們一家人能在某個地方創造回憶。我很期待，所以今天就寫到這裡～

啊，桌球！

忘記寫一件很重要的事了！

老哥，馬上就過去跟你睡，再等我一下喔～！

第6話「其實是溫泉熱氣戀慕事件簿⑥　～踩到老虎尾巴～」

那是晶六歲，剛上小學不久的事——

「——晶，來。快看，是星星。很漂亮吧？」

「好棒！一閃一閃！好漂亮～！」

建先生結束連續劇的拍攝後，帶著晶前往「星降之丘瞭望台」。

「這裡是我大學時，跟學弟發現的地方。星星實在很漂亮～一直很想帶妳來看一次。」

「一閃一閃亮晶晶～♪滿天都是小星星～♪」

「哈哈哈，沒錯。這就是妳的名字代表的意思。」

「我的名字代表的意思？」

「晶，妳已經會寫自己的名字了嗎？」

「嗯！有三個太陽～！」

晶說著，用樹枝在地上寫出自己的名字。

「妳寫得真好。不過晶，要記住。這三個『日』指的可不是太陽喔。」

「是這樣嗎？」

「那代表的是『星光』。『晶』這個字，是三道星光重疊在一起，代表著許多星星的光輝喔。」

「許多星星的光輝？」

「沒錯，是星星的光輝。」

建先生牽起晶的手，抬頭看著夜空。

晶也學他抬頭，數千顆星星的光輝看起來似乎和剛才有所不同。

「我來到這裡的時候，就這麼想了。以後要是結婚生子，不管生男還是生女，我都想取『晶』這個名字。希望我的孩子就像這片星空一樣，發出耀眼的光輝，成為照亮別人的希望之光。」

「意思是，我就像星星一樣閃閃發亮嗎？」

「那當然，現在的妳也像星星一樣，閃閃發亮喔～」

「欸嘿嘿嘿♪原來我是星星啊～」

「沒錯。所以晶，妳不用像太陽那樣亮得發燙。低調一點沒關係。即使光芒內斂，總有一天也要變成照亮昏暗夜空的希望之光。妳要代替已經不會發光的我喔。」

「爸爸，好難懂喔……」

「哈哈哈，對妳來說還太早嗎？妳長大之後就會懂了。所以現在就——看招看招～」
「呀！好癢喔～！」
「晶，要笑口常開喔，笑吧。繼續繼續～」
「不～要～啦～！啊哈哈哈哈……——」

接著兩年後，建先生留下晶一人，自己離開了。
從那個時候開始，晶的笑容——還有星星的光輝，就從她身上消失了。

＊＊＊

我泡在旅館的露天溫泉中，仰望著星空。
剛才聽晶說出她和建先生的回憶，變得有些感傷。
——希望啊……
剛認識晶的時候，她並不是現在這樣——
『抱歉，我醜話說在前面。這種場面話就免了吧。』

——硬要說的話，當初我們是從幾近絕望的地方開始起跑。

我真的能和這個繼弟融洽相處嗎——儘管一開始很不安，習慣之後，就會覺得她是個坦率又可愛的傢伙。

雖然其實是繼妹啦——自從知道這件事之後，真的覺得自己在各方面都太過輕率了。

反覆開合自己的右手，握拳之後又鬆開。

當時我伸出的右手撲了個空，現在卻能像一對情侶那樣牽手。這也讓我感慨良多。

——晶是照亮昏暗夜空的希望之光。

現在晶在我的眼中，顯得閃閃發亮。

在她取回光輝的理由之中，如果我也有幫上那麼一點忙，那我會很高興。

而她畢竟總是照亮我的心，希望自己也能稍微幫上她的忙。

＊　＊　＊

洗完澡，來到走廊後，正好遇見剛從女湯走出來的陽向。

「哎呀？涼太學長剛才也在泡湯嗎？」

「妳也是啊。只有妳？」

「對。和紗她們說要出去逛夜晚的街道……」

「真拿那傢伙沒轍……」

我感到傻眼。

這與其說是合宿，根本是來旅行的。

「那妳不跟她們去嗎？」

「因為我想獨處，思考一些事情……」

「妳有煩惱？」

「嗯，差不多——啊，涼太學長，能問你一件事嗎？」

「當然可以。畢竟平常都是妳聽我訴苦啊。」

我們移動到大廳，然後面對面坐下。

陽向想商量的事情，主要是光惺。他在家還是老樣子，又讓陽向傷腦筋了。

這次是陽向用ＬＩＭＥ傳了好幾張我們合宿中的照片，結果被光惺罵了。

「——然後哥哥就回我『不用一直傳這種照片給我』！」

「啊哈哈哈，很像他會說的話。」

「我只是傳好吃的東西和風景照啊，又不是要求他每一張照片都要給我感想。」

「那我問個問題，為什麼要傳照片給光惺看？」

「這是因為……我想跟他分享旅行的樂趣……」

「意思是想尋求那傢伙的共鳴？」

「呃……差不多，對……」

不知道陽向是不是很害羞，臉紅到耳根子去了。剛泡完澡、熱氣升騰的肌膚，更是變成粉紅色。

「要是哥哥能和我有一樣的心情，那就好了，果然還是不行……」

「但兄妹就是這樣吧？」

「如果是晶傳照片給你，你會怎麼回呢？」

「我？我會怎麼回——」

這時候晶正好傳ＬＩＭＥ過來——我跟陽向說一聲後，打開來看。

她傳了照片——是我在洗澡時，她玩益智遊戲的高分紀錄。而且還傳了句：「讚啦！」

——這傢伙也一樣，實在搞不懂她想獲得什麼樣的共鳴……

話說回來，都出來旅行了，她在搞什麼鬼啊？

「如果是我，至少會回一句『好棒喔』吧……」

「照理來說，都會回這麼一句話吧？」

「呃……我們兄妹不太能當參考喔，啊哈哈哈……」

我苦笑回答後，陽向說了一聲「對了」改變話題。

「學長跟晶一起生活之後，覺得怎麼樣？」

「跟以前比變得很熱鬧吧？很開心啊。基本上我們只會一起耍廢，不過興趣很合。」

「好羨慕你們喔。讓人很嚮往。」

「跟光惺很難這樣吧？」

「就是啊，根本搞不懂他在想什麼，也不知道他是怎麼看待我的……」

陽向的臉色突然沉下來。

「他當然把妳當成寶貝妹妹啊。花音祭妳出車禍的時候，那傢伙裝得很冷靜，其實整個人都慌了。」

「什麼！哥哥嗎！」

看來陽向從未聽說這件事，驚訝地兩眼睜得偌大。

「而且他不是在重要的場面出面救了妳嗎？就是《羅密歐與茱麗葉》的最後一幕——」

「噢，吻戲的時……候……」

我想起那場吻戲，忍不住別開視線。

現在重新回想，總覺得好難為情。

「呃……那時候真是對不起……」

「妳別這麼說，我才要道歉，不該定格……」

「涼太學長沒有錯啦。都怪我意志不堅定，就站上舞台……」

「不不不，是我不好，明明比較年長，卻不能站在前面主導……我太沒用了……」

我們左一句「是我不好」、右一句「不，是我不好」互攬責任。隨後發現對方滿臉通紅，這才笑了出來。

不知道是覺得難為情，還是覺得很蠢，總之就是那樣的笑聲。

「我看以後別再重提這件事好了。」

「也對。不然每次都會感到害羞。」

陽向笑了笑。

我竟不由得覺得她的笑容很美，但馬上又在腦海一隅想像晶鬧彆扭的模樣，總覺得有點尷尬。

＊＊＊

後來，出去玩的西山她們手上拿著超商的塑膠袋回來了。

我不斷凝視超商的袋子，心想她們應該不會買酒回來吧？但好像只是罐裝飲料、寶特瓶和零食那類東西，這才鬆了口氣。

西山看到我和陽向在大廳，不禁四下張望。

「奇怪？晶呢？」

「她應該在房間裡喔。」

「那真嶋學長，你可以去叫她嗎？」

「為什麼？」

「要不要來打桌球？就是溫泉桌球！」

「怎麼又突然想到要玩這個？」

「沒有啦～想說在泡內湯之前，先揮灑一下汗水～！快快快，我們速戰速決，痛快流汗吧～！」

看到西山興致這麼高，我感到耿耿於懷。

所以輕描淡寫地詢問一臉苦笑的伊藤。

「伊藤學妹，那傢伙怎麼了啊？」

「其實啊，我們在超商前被四個男人搭訕了。」

「咦！」

「對方好像是大學生，突然就來找我們攀談。一下問我們從哪裡來的，一下又說我們好可愛……」

想起這件事，似乎讓伊藤覺得很難為情，她的臉都紅了。

「後來怎麼了？」

「和紗把對方趕跑了。」

「哦～真不愧是社長！很有一套嘛！」

我想這是自己進入社團後，第一次尊敬她這個社長。那麼脫序，其實還是把社團成員放在第一順位嘛。西山，對妳刮目相看了！

然而伊藤卻尷尬地壓低聲音說：

「……其實一開始被搭訕的時候，和紗興致可高了……」

「……咦？」

「直到她自己主動拋出話題，問他們如果要選女朋友，會選誰——」

「啊，我大概懂了。妳不用說，我也懂，嗯……」

西山絕對被排除在外了。

——我開始覺得她很可憐了……

「西山，我問妳……」

「什麼？真嶋學長，怎麼了嗎？」

「我能幫妳做些什麼嗎？」

「就叫學長把晶叫出來了啊！怎樣啦？這種看可憐蟲的眼神是什麼意思！」

「不，我的眼神是一種共鳴。妳想嘛，我也不受歡迎啊。」

「**也**是什麼意思啦！什麼**也**！請不要把我跟你相提並論！」

我明明是體貼，卻不知道為什麼惹她生氣了……算了。

我打電話給晶，告訴她來大廳集合。晶好像還在打電動，說了一句「等一下就過去」，所以我們先行一步，往遊藝場出發。

＊　＊　＊

我們開始打桌球，晶大約過了十分鐘才出現。我坐在長椅上，她則是坐在我旁邊。

「抱歉，突然把妳叫出來。」

「沒關係。只是老哥，為什麼要打桌球？」

「應該是順便幫西山紓壓吧……」

「什麼意思？」

「妳晚一點去問伊藤吧。我太心痛，已經說不出話了……」

「……什麼意思？」

說是這麼說，當事人西山正和南開心地打桌球。沒事做的人則是去遊戲區玩，現場氣氛一片祥和。

或許我根本不必如此放在心上。

「──再來換真嶋學長和晶打吧，請。」

在西山的勸說下，我們接過球拍和球，站到桌球桌前。

「老哥，球拍這樣拿對嗎？」

「嗯？那是飯勺的握法喔。來，像這樣拿──」

我修正晶的手指位置，告訴她該怎麼拿球拍。

「揮拍的時候，不只要用手，腰也要轉──」

「像這樣？」

「對對對。手再放鬆一點──」

「像這樣──對嗎？」

晶揮了揮球拍。

「感覺很不錯喔。像這樣運用全身打就行了。」

「老哥好厲害！什麼都知道耶！」

「沒有啦，剛好上星期的體育課是桌球啦～」

當我們說著這些，西山卻擺出一張臭臉看我們。

「請不要放閃，快點打。」

「我們沒有放閃！」「這很正常啦！」

我和晶頂著通紅的臉回嘴，但西山瞇起眼睛，以噁心難耐的視線看著我們。

後來我們開始打桌球，晶過沒多久就抓到訣竅了。就這樣持續一來一往，僵持不下，這才變得有趣。

「晶，妳的手感不錯喔。」

「咦？是嗎？」

「不管什麼事，妳都能很快抓到訣竅耶。真有一套。」

「是、是這樣嗎？欸嘿嘿嘿～♪」

我們就這麼和樂融融地享受桌球樂趣，這時候西山——

「請不要放閃，認真打。」

又以不悅的表情這麼說。

其實我應該要回嘴，但不行——

「——西山，要不要至少跟我打一場？我可能只有桌球能陪妳了……」

「我說過了，請你不要用那種可憐兮兮的眼神看著我！」

又被她凶了。總之先跟晶分個勝負吧。

我難得贏晶。八比五，我領先三分。順帶一提，先得十一分的人贏。

其實晶幾乎算是初學者，這場比賽算是她的練習賽。她原本就沒有在意輸贏，所以即使我贏了，也不會開心到哪裡去。

這時候，晶以一抹好戰的笑容看著我。

「老哥，要不要認真來一場？」

「哦，那就稍微認真一點吧。」

「唔……！」

之後晶開始拿出真本事。她一改剛才平和的揮拍，以銳利的角度回擊。

球打到我的反手位。後來她也不斷變換球路，步調時快時慢，完全用頭腦在打球了……

怎麼會這樣？我開始不想輸了。

但一回過神來，我們分數的差距已經縮小，十比九，我領先並來到賽末點。

「看我的！」

「嗚咕！」

晶展現出韌性，這麼一來就十比十了。

這場比賽沒有平手（Deuce），所以下一球得分的人就會獲勝。

「晶，妳果然有一套！」

「老哥，下一球就決勝負吧！」

輪到晶發球。她以銳利的眼神瞪著我。

這是令人緊張的瞬間——晶拋球了。

——要來了！

我屏息，定睛不眨眼，全神貫注地仔細看著晶的一舉一動。

然而下一秒——

「呀！」

晶察覺好像有不對勁，接著突然滿臉通紅地僵在原地不動——我才剛這麼想，晶的浴衣腰帶直接鬆開，前方一口氣大大敞開。

喀——喀、喀……叩嘍嘍……——

球滾落地面。

我慢慢閉上睜得偌大的眼睛，試圖讓烙印在視網膜上的那一瞬間馬上消失。

「老、老哥……剛才那個……可以不算數嗎……？」

「不了，算我輸吧……」

——發球就發球，幹嘛發福利啦……

面對這個老哏，我和晶都面紅耳赤，甚至聽見西山發出砸嘴的聲音。

＊＊＊

比賽結束後，我和晶再度坐在長椅上。這次陽向坐在另一側，晶就夾在我們中間。

「呼～我冷汗直流耶……」

「妳好歹事前發現腰帶鬆開了啊……」

「因為我很專心比賽嘛！」

「啊哈哈……剛才那樣的確很難為情呢。如果是我，可能會哭出來……」

順帶一提，陽向已經泡過溫泉，不想再流汗，所以沒有打桌球。

現在換西山打了，她的對手是——

「天音，來吧。來一場社長、副社長對決吧？」

「咦～！我就不用了啦～……」

——伊藤硬是被點名。

伊藤顯得有些傷腦筋，最後還是勉為其難地陪西山打。

她走過我們前方，於是我順勢開口：

「伊藤學妹，假如不想打，拒絕她比較好喔。」

「不，其實我也沒有那麼排斥啦……」

「怎麼了？」

「沒有——只是覺得這樣對和紗不好意思……」

真是個謙虛的女孩。聽得出來她沒有信心，覺得自己不夠格當西山的對手。我現在開始想替她加油了。

「那妳加油吧！」

「呃，我會像平常那樣……」

伊藤的臉有點紅，害羞了嗎？

我把手上的球拍遞給伊藤。

但下一秒，我的背脊傳出一股冷顫。手心也冒出不少汗。

有股非常不祥的預感……

我戰戰兢兢抬頭，只見伊藤寶貝地撫摸著球拍。

「——啊，**這孩子**還想戰鬥……」

眼鏡底下的眼眸無神，感覺有點驚悚。

「那個……伊藤學妹……？」

「——咦？啊……真嶋學長，沒事！那我上場了——」

伊藤一走到球桌前，西山就笑得不懷好意。

「那輸的人要請喝飲料，可以嗎？」

「和紗，我覺得這樣不太好耶。」

「有什麼關係嘛，這樣比較有鬥志啊。啊，先聲明，我桌球很行喔。妳要不要作罷？畢竟天音不喜歡爭輸贏嘛～」

——有夠庸俗的挑釁……西山，妳的小嘍囉指數已經破表了喔。

「沒關係。我也算是擅長打桌球……」

說完，伊藤嘆了口氣。

但這個嘆息很明顯跟我平常聽到的無奈嘆息很不一樣。感覺很像已經非常傻眼，氣息中甚至帶著一絲冰冷。

彷彿覺得世界的一切都不有趣一樣……

現場氣氛就像被潑了一桶黏滑的油，一口氣變得很沉重。

陽向、晶和我都發現伊藤給人的感覺完全改變。我想在場沒發現的人只有一個，那就是滿臉游刃有餘的西山。

「涼、涼太學長，怎麼辦……？」

「老哥，不阻止是不是不太妙啊……？」

「我也有同感，可是總覺得很可怕……我的手從剛才開始一直抖個不停……」

我們還沒理好思緒，比賽就開始了。

由西山發球。

她開朗地叫著：「要去了喔～」當球彈到伊藤的場地，那一剎那——

砰————！

——現場發出一道清脆的聲音。

當球已經在西山背後滾動時——

「——……咦？」

西山這才明白發生了什麼事。

她的臉開始痙攣。我們在一旁觀戰的人，也無語地張著嘴。

伊藤只是筆直打回西山的發球。

但那一記回球卻以快得令人難以置信的速度，鑽進西山的場地。

「天、天音……？剛才……那是……──」

「和紗，抱歉了──不過先起頭的人是妳喲。」

錯不在我──我們看著表達出這個意思的伊藤，全都震撼不已。

伊藤滿不在乎地調正眼鏡，拿著球和球拍就定位。

「好了，下一球──要去了喔。」

之後的情形實在讓人不忍直視。

西山的表情已經在求饒了，伊藤卻只是機械式地、若無其事地收拾她的獵物。

一旦回球的球路稍微鬆懈，下一秒球就會以從未聽過的聲音，彈出球桌。

每當伊藤揮拍，西山便會發出「噫！」的慘叫聲，並護著頭躲進桌球桌底下。這根本是防災訓練。

結果伊藤以壓倒性的巨大差距輾壓西山。誰輸誰贏一目瞭然，西山實在是可憐到家了。

她的敗因在於小看了伊藤。

伊藤聰明、謙虛，又容易遭受牽連。但當西山踩到沉睡在伊藤體內的凶猛虎尾，她的氣數就盡了。

——順帶一提，這是從其中一名社團成員，也是和伊藤同一所國中的南口中聽說的事。

其實伊藤國中時是桌球社的成員，而且實力堅強，在女子單打中可以排進全國前四名。

南說她一旦手握球拍，就會性格大變。說著說著，還不停發抖。

伊藤一球就能精準打到對方不擅長的球路，所以比賽不會演變成拉鋸戰，而且還會將對手的鬥志連根拔起。

因為這樣冷酷無情的球風，校內校外都對她敬畏三分。

由此得名的別稱就是「一擊女帝」。

從她現在溫和的性情，實在無法想像會有這麼酷烈的別稱。

伊藤在沒拿球拍時，聽到了這個別稱，因此大受打擊，於是把手上的球拍放在球桌上。

然後——

『我要做回普通的女孩子！』

她做出這番宣言，親自封起旁人期待她走上的桌球界之路。

後來進入結城學園就讀，就在尋覓著文化類別的社團時，有個開朗、努力，雖然讓人有些提心吊膽，卻很率真的女孩子前來找她攀談。

『要不要跟我一起加入戲劇社？』

她就是西山和紗。我們戲劇社的社長。

而現在這位西山——

「嗚嗚……好可怕喔……嗚咕……噎唔……」

——被伊藤蹂躪成破布，狼狽地抓著陽向哭訴。

「和紗，沒事的。已經結束了。全都結束了……」

陽向溫柔地撫摸著不斷啜泣的西山的頭。

我還是第一次看到陽向露出這麼有悲壯感和慈愛心的表情。看起來就像一幅宗教畫，陽向的頭頂還有天光灑落。

鬥爭只會催生悲傷。但反過來說，也能突顯人類的高潔與美麗。

我和晶只是一愣一愣地看著這樣的光景。

另一方面，伊藤則是——

「好了，再來是誰要上場？」

——幹勁全來了。

我和晶瞬間別過臉，西山更是細細發出「噫！」的慘叫聲。而其他社團成員已經前往內湯避難完畢。

「我說……伊藤學妹，我會請所有人喝飲料，要不要到此為止……啊哈哈哈……」

常言道，世上絕大多數的事情，都能用錢解決。既然如此，我接下來要投進自動販賣機裡的錢，一定有它的意義。

不能再增加世界上的悲傷了。

我抱著這樣的想法，決定請在場所有人喝飲料。

總之以後不能再讓伊藤拿球拍了。

一定要銘記在心。

11 NOVEMBER

11月21日（日）

沒錯，還有桌球！

我們跟戲劇社的成員一起打桌球，

沒想到自己有一天會跟老哥打桌球。

我很少打桌球，不過老哥教了我很多！

我們看起來就像一對情侶，不知道老哥有什麼想法？

哎呀，不行不行。

時間不多了，我長話短說。

以後不可以讓天音拿球拍！

和紗，以後不可以惹天音生氣！

沙耶、利步、柚子，妳們開溜是對的！

陽向好美、好可愛、好溫柔、好棒……

事情就是這樣，我玩得很盡興，也看到老哥帥氣的一面，今天真是最棒的一天了！

好～要睡覺了～！

老哥，讓你久等了！我這就過去！

第7話「其實是溫泉熱氣戀慕事件簿⑦　～製造不在場證明～」

隔天早上當我醒來，發現自己和晶睡在同一張床上。

昨天離開遊藝場後，我和晶回房又玩了「終武3」，然後就寢。但我記得那時自己是一個人睡的。

晶闖進別人被窩這件事已經逐漸化為習慣，而且她今早是浴衣亂七八糟的模樣，我實在不知道該看哪裡。

修長的手腳自然不在話下，她浴衣的衣襟敞開，胸部之間的溝渠實在教人在意……這未免也太不設防了。

我替晶蓋上被子，然後嘆了一大口氣。總之早晨平安到來，鬆了口氣。

看了看房間裡的時鐘，現在時間剛過七點。

——去泡個晨湯吧。

我悄悄離開房間，小心不吵醒晶。

＊＊＊

來到內湯，發現裡面已經有人了。

「老爸，早啊。」

「涼太，你好早啊。」

老爸也剛好來泡晨湯，我們在更衣室撞個正著。看來他也是剛要進去泡。

「昨天工作忙到很晚嗎？」

「是啊，現在暫時處理好了……不過我一回去，就要到工作現場報到了。」

「很麻煩嗎？」

「是啊。公司的人已經吵過一輪了，不過你不用在意啦。」

「我完全沒放在心上啦，可是美由貴阿姨還好嗎？」

「這你不用擔心。而且她也在房間裡聯絡公事啊。」

這兩個人還是老樣子，都是工作狂。難得全家出來旅行，把工作拋諸腦後就好了嘛。但看樣子無論人在哪裡，還是很在意工作。

「晶有點介意喔。」

「咦？晶嗎？」

「對啊。她怕你跟美由貴阿姨的關係會變差。」

「這樣啊。原來她這麼擔心啊……」

「我是已經習慣了，所以無所謂，可是晶會放在心上。」

「知道了，我會注意。今天下午我們全家去玩吧。」

「關於這件事……老爸，我有個好主意——」

我跟老爸在浴室裡一起制定下午的行程，之後互相刷背，然後泡在浴池中。

享受完父子單獨的時間後，我回到房間。

＊＊＊

一回到房間，就被剛起床的晶緊緊抱住。

「妳、妳怎麼了？」

「一起床就沒看到你，好寂寞……」

「抱歉，我去泡晨湯了。」

「我以為你不見了，很擔心耶……」

「沒事啦。我不會消失不見——」

晶剛起床時尤其愛撒嬌，我摸了摸她的頭，讓她冷靜下來。

順便撫平晶睡翹的髮絲，她這才心滿意足地放開我。

「老哥，剛才陽向傳LIME給我，她們十點就會退房，然後一起去買土產。」

「這樣啊。那我們也跟著去，順便送行吧。」

「嗯！」

過了一會兒，我和晶前往宴會廳吃早餐。

今早老爸跟美由貴阿姨都在，悠悠哉哉地等著我們出現。戲劇社的成員還沒來。大概是花了一點時間梳妝準備吧。

「美由貴阿姨，早安。」

「涼太，早呀。昨天睡得好嗎？」

「很好。」

「晶呢？」

「嗯，我睡得超熟。」

「那就好——好了，我們開動吧。」

我們合掌後，開始吃早餐，這時老爸開口：

「關於下午的行程，跟美由貴討論過後，決定去租車。」

「難得來到這裡，要不要去附近的觀光景點看看呀？」

接著晶雙眼發亮，說她想去。說起來，晶本來就打算由自己提出外出遊玩的要求，所以現在雙親率先提議，讓她喜出望外。

——其實這件事是我早上泡湯時，找老爸商量的。

昨晚晶很擔心老爸他們，所以我問老爸要不要反過來這麼提議，看來洗完澡後，他也跟美由貴阿姨說好了。

「太一叔叔，我們要去哪裡？」

晶興致勃勃地問道，老爸假裝稍微思考了一下。

「先去水族館吧？然後去可以看海景的餐廳，晚上去『星降之丘瞭望台』，怎麼樣？」

晶一聽到「星降之丘瞭望台」，雙眼變得更亮了。

「我想去！水族館跟瞭望台都要去！」

「這樣啊。那就這麼決定了。」

看到晶這麼開心，我和老爸不禁得意地笑了。

此行目的當然是為了創造一家四口還有老爸他們夫妻二人的回憶。不過我希望這個過程也能滿足晶。美由貴阿姨大概是從老爸那邊聽說這件事，所以她也對我笑著點頭。

「晶，很期待對吧？」

「嗯！」

看著喜上眉梢享用早餐的晶，總覺得連我也很開心。

＊＊＊

吃完早餐後，我和晶回到房間又開始打電動，直到和戲劇社成員約好的時間。

我們十點來到大廳，準備好回家的西山她們，正好排成一排和櫃檯的人辭行。

「啊，你們來啦？那我們走吧！」

我們就這樣和戲劇社成員走出旅館。

昨晚的事就像沒發生過一樣，西山還是和睦地跟伊藤走在一起……若是可以，我也希望那是一場夢，不過以後跟伊藤說話的時候，可得小心別提及桌球了。

我們走著走著，一群人分成三個小團體，分別是晶、陽向和我，然後是西山、伊藤，以及早坂她們三人。

「老哥老哥！」

「嗯？怎麼了？」

「這條河裡有鯉魚耶！」

「就是啊，有鯉魚耶～」
當我和晶聊著，陽向從旁叫了我一聲。
「陽向，怎麼了嗎？」
「那邊那家店賣的縮緬（註：一種質地柔軟的真絲縐織，主要用於製作和服），是這個地方的特產嗎？」
「這附近好像從江戶中期就開始發展那種工藝了喔。」
「哦～涼太學長果然對歷史很熟。」
「因為我喜歡歷史啊。來這裡之前，有稍微調查過。」
我對陽向如此說道，這時晶又抓了抓我的袖子。
「老哥老哥！」
「這次又怎麼了？」
「那邊那棵柳樹，感覺一到晚上就會有幽靈出現耶。」
「嗯，可能真的會出現吧……」
這時候，又來了一聲：「涼太學長。」
「那邊那間店賣的蝦仙貝，那也是特產嗎？」
「上面寫著『蝦仙貝創始店』耶。哦～還寫著創業一百三十年，原來那麼久以前就有蝦仙貝了啊。」

當我跟陽向正佩服時，晶又拉了我的袖子。

「老哥老哥，那個紅色的郵筒舊舊的，好可愛喔！」

「對，對啊……舊舊的，很可愛。」

「涼太學長，那條河的橋很古老呢。」

「對啊，全部有五座，而且被國家指定為有形文化財產——」

「老哥老哥，你看那邊，整排都是燈籠耶！」

「整排都是燈籠耶……」

我就是忍不住比較她們兩人感興趣的東西。

晶不管看到什麼都很開心，陽向則是對鄉土和歷史有興趣。

話說回來，我好像窺見兩位美少女新的不同之處了。

＊　＊　＊

我們走進一間大型土產店。

我站在不遠處看著晶和陽向挑選的模樣。

「呃～要選這個嗎～」

「那是要給上田學長的土產？」

「嗯。妳覺得哪個好？」

「如果是我啊～」

她們就像這樣，愉快地挑選著要給光惺的土產。

光惺偶爾會用「矮冬瓜」稱呼晶，即使知道是要挑給他的禮物，晶感覺也不在意。大概也是因為他是陽向的哥哥吧，總之晶並沒有打從心底討厭光惺。

她們兩人挑選著要給光惺的土產，我則是離開她們，明明沒有要送人，卻也看著羅列在眼前的土產。

這裡有運用縮緬製成的錢包和鐵扣零錢包等物，當我看著滿是和風物品的商品架，她們來到我的身邊。

「哦～好可愛喔。這是縮緬嗎？」

「對啊。我無意間看到，覺得很有趣。」

這時候我們發現一個擺著「熱銷！」宣傳牌的架子上，放有用縮緬製成框的相框。

「啊，這個好可愛！」

晶一喊道，陽向也附和：「真的耶！」

「如果要買給光惺當土產，會不會太可愛啊？」

「的確是。不過我喜歡這個，所以要買一個給自己當土產。」

「那光惺的要怎麼辦？」

「這個嘛～不然就選這條手帕。」

陽向寶貝似的拿到手上的東西，是一條深青色的素面手帕。摸起來觸感很舒服，品味也很好。光惺對小東西很講究，又不太喜歡有花紋的東西，因此這是陽向仔細思量後的選擇。

「學長覺得這個怎麼樣？」

「不錯啊。如果是這個，他平常也會用。」

「真的會用就好了～」

看到陽向邊說邊微笑，我和晶只是輕輕笑道，然後彼此對看。

＊＊＊

買完土產後，我們來到「藤見之崎溫泉」車站。

西山她們已經在那裡等待，陽向加入後，就算全員到齊了。

她們每個人手上都拿著許多裝著土產的袋子。能有許多送土產的對象，或許也是一件好事也說不定。

「那真嶋學長、晶！我們就在這裡道別！連假之後再見吧！」

「真嶋學長、晶，再見。」

「晶，再見喔！涼太學長，真的很謝謝你！」

我和晶揮著手，目送她們六個人離開。

晶一直笑著揮手，直到逐漸遠去的電車再也看不見。

在那之後，她的表情又變得有些不捨。

「大家都回去了耶。」

「是啊。反正很吵，這樣也好吧？」

「老哥，接下來要幹嘛？」

「老爸叫我們自己解決午餐再回去。」

「之後呢？」

「嗯？下午就要開車出去了，所以吃完飯就直接回旅館——」

「既然這樣，反正只有我們兩個人，去約會吧！」

「約、約會……？」

「對！反正現在有時間吧？既然這樣，我們先吃飯，然後逛逛溫泉街吧！」

如此說道的晶雙眼都亮了。

＊＊＊

不知道這個能不能稱作「約會」，不過我們正從車站沿著溫泉街隨意閒晃。

晶從頭到尾都開心地指著映入眼簾的東西，直說「好有趣」、「好可愛」，但真要說的話，我反倒比較在意旁人的視線。

只要我和晶走在一起，總是會聽見旁人誇獎晶，說「剛才那個女生好可愛」、「她好漂亮」等等。

以前去咖啡廳的時候，也有類似的經驗，看來晶不管走到哪裡，都很可愛。

——不對，她本來就很可愛。

走在她身邊的我，依舊感到不自在，但與之前相比，已經好很多了。

我們走過好幾家餐廳，雖然是平日，中午時段還是每家都客滿，不排隊就進不去。

所以我和晶決定買輕食，邊走邊吃。

因為昨天買了烤肉串來吃，我們想買些只有在這裡才吃得到的東西，品嘗各式美味。

既然打定主意了，便開始逛有推出輕食的路邊攤或是可以外帶的店家。

買了用當地有名的品牌牛肉做成的炸肉餅和肉包、簡單水煮過的蟹腳、用一整隻蟹腳做成的軟嫩天麩羅棒，以及當地的漢堡，就這樣分著吃。

「老哥，這個好好吃喔。來，啊～」

「啊～……——這個真好吃耶。」

「對吧♪」

——我承認。

這是約會。

我有點放棄掙扎了，只好決定享受和晶度過的時光。

走得有點累了，就去泡設置在路邊的足湯，然後悠悠哉哉地看著溫泉街的景色和路過的人們。

這時候，晶開口了。

「欸，老哥，我們看起來像不像一對情侶？」

「應該像吧。」

當我如此回答，晶突然滿臉通紅。

「拜託……你怎麼沒有說：『不不不，是兄妹吧？』」

「是妳先說的耶？」

「是這樣沒錯啦，可是你這麼輕鬆承認……」

我很明顯只是想捉弄她。

所以才會反其道而行，順著她的話說，但其實心裡也很緊張。

「而且是什麼關係都無所謂吧？反正我們是一對男女，開開心心地泡著足湯，管他是情侶、兄妹還是朋友。」

我說完，她卻鼓起腮幫子。紅潤的臉頰就像氣球一樣漲大。

「老哥，手！」

「咦？啊，喏……」

我乖乖伸出右手，晶馬上與我十指相扣。

「這麼一來，就鐵定是情侶了吧！看起來就是吧！」

「是、是啊，應該吧……」

搞不懂她是對誰產生競爭意識，總之看起來就是如此。

「不過從妳叫我『老哥』開始，我們這樣就只是兄妹十指相扣喔。」

雖然光這樣也夠難為情了。

你們兄妹在幹嘛啊——不不，我們沒有血緣關係啦——繼兄妹會十指相扣嗎——會啊，偶爾——我在腦海裡跟自己一來一往爭辯，看樣子解釋起來果然令人頭大。

「反正，我們只是普通的兄——」
「我是姬野晶！要來扮演『就快開始交往的做作可愛女孩』！」
「……啥？」
我完完全全聽不懂。
但晶不管我根本沒進入狀況，突然抬頭看著我，以紅潤的臉頰開口：

「——欸，涼太……」

「嗚咕！」
這聲呼喚我的名字堪比腹部刺拳，深深打入我的胸骨劍突。
慘了——當我這麼想的時候，波濤洶湧的連續技接連不斷。
首先，晶把整顆頭的重量靠在我的肩上——
「不知道大家是怎麼看待我們的耶？」
——接著揉了揉我的手掌，就像在確認手的觸感。
同時用另一隻手的食指指著我的胸口，不斷畫圓——
「……看起來有像情侶嗎？」

——並在我的耳際這麼輕聲說著。
最後彷彿要給我致命的一擊——
「涼太，怎麼啦？你的臉從剛才開始就好紅喔。」
在耳旁迴盪的竊笑聲不斷敲擊耳朵。
這個不太妙——
「——那、那是因為泡足湯，我的身體開始熱了……」
晶使出連續技的當下，我就在心裡不斷狂按把手的按鍵，想盡辦法要阻止她的攻擊——
她的側臉卻在這個時候跳進視野——

「我的身體好像也開始發熱了……」

——致命刺拳給了我最後一擊。
「開～玩笑的啦，這個怎麼樣？」
晶回到平常的模樣，我則是面紅耳赤地僵在原地，根本已經暈頭轉向。
「老哥，你喜歡這種做作的風格吧？」
——妳在說什麼鬼話啊？我才不是喜歡做作，是因為妳，才會這麼怦然心動啦……

「那麼接下來，真嶋涼太同學。請飾演『追求喜歡的女生的帥哥』。」

「我才不要……」

「那算我贏可以嗎？」

「算我輸沒差……」

「欸嘿嘿嘿～♪勝負已分！」

本來就沒有想跟妳爭這個輸贏，而且也贏不了這麼做作可愛的繼妹。

話說回來，真沒想到泡個足湯，也要承受這種連續技啊……

＊＊＊

後來我們隨便亂晃，晃進了小巷。這裡和鋪設柏油的大道不同，用石板鋪成的路情調十足，很不錯。

我們一來到石板路，就看到一塊看板。看來這條路是過去一位文豪——富和田甚太在執筆空閒時，會來散步的道路。

看完解說，又開始閒晃。這時晶開口：

「欸，老哥，我也來寫小說吧？」

「哦，妳要寫什麼小說？」

「我想想……《其實是繼妹。》這個怎麼樣？副標題就是……『總覺得剛來的繼弟很黏我』之類的？」

晶咧嘴一笑，我努力不讓自己心慌，保持冷靜的態度。

「……願聞其詳。」

「主角是高中一年級的女孩。她小時候爸媽離婚，與最愛的爸爸分開了。後來某一天，她的媽媽再婚，就多了一個繼兄——就是這樣的故事。」

「……繼續說吧。」

「剛開始，這個女孩子不給新家人好臉色，可是這個哥哥每天都積極進攻，搞得她實在很辛苦。一起打電動的時候，還被哥哥推倒，說她長得真的很好看……」

「那還真是個不得了的哥哥啊……還有如果可以，妳這個設定最好幫他訂正成是不可抗力。」

「可是啊，這個女孩子慢慢開始接納哥哥，有一天，哥哥這麼說……」

「呃——！我大概知道了，不想再聽下——」

「『一起去洗澡吧！』這樣。」

「——唔咕！」

這是怎樣？總覺得好像是有聽過的台詞……？

「這個女生覺得有點難為情，可是拒絕不了，只好一起洗澡——好了，我現在要問老哥一個問題。你覺得這個女生為什麼沒能拒絕？」

「不、不知道啊……我歷史很在行，國文就有點……」

「你仔～細想想嘛。」

「呃……那是……因為……」

見我遲遲給不出答案，晶嘻嘻笑道：

「因為當這個女生一回過神來，已經喜歡上哥哥了。她知道只有眼前這個人會好好看著自己。」

我快被逼死了。

假如在場的人只有我一個，自己一定會一頭撞上石板，不斷哀號。

「可是這個女生誤會了。她一直思考哥哥為什麼要這麼積極接近她，然後以為哥哥喜歡她。」

我的羞恥一口氣湧現，心臟也跳個不停。

這個話題對心臟非常不友善。我已經開始冒汗。

真的丟臉到再也聽不下去了。

「然後啊，其實這個哥哥一直以為女生是繼弟——他們一起洗澡之後，才發現這一點。相較於嚇傻的哥哥，女生卻覺得『我就是女生啊，現在問這個幹嘛？』。」

「唔——————！」

「反正就是雙向誤會啦，結果好就好。哥哥發現對方是繼妹後，態度開始生疏，結果卻是女生反過來積極追求哥哥。要哥哥負起讓她動心的責任！就這樣——老哥，你覺得這個故事怎麼樣？」

「妳、妳問這種問題，我——」

——這根本就是私小說吧？

根本只是把我們兄妹的關係赤裸裸呈現出來而已吧？

「欸，這故事有趣嗎？」

「嗯，應該不賴吧……？」

「不然要怎麼樣才會變得更有趣？」

「這個……出現一個喜歡上女生的男角色，然後跟哥哥搶，之類的？」

「這種劇情不需要啦。」

「不然就設定一個女朋友給哥哥，變成複雜的三角關係……」

「這也不需要。」

「不然──」

「女孩子喜歡的故事，最後都是跟王子結合喔。所以啊──」

晶接著抓住我的手。

「──皆大歡喜才是王道！所以啦，老哥來想想，什麼樣的後續，故事裡的女生才會幸福？」

真是乾脆到讓人傻眼。

她把這個宛如人生最大的題目全丟給我處理。

「晶，我可以問一件事嗎？」

「老哥要問什麼？」

「這是純文學嗎？純文學的結局大多很黑暗喔。比如用手壓爛精心收集的蝴蝶標本啦，衣服被老媼剝了就跑啦，之類的……」

「但這個故事又沒有那麼沉重──其實劇情可以有高低起伏，當成兄妹開心放閃的戀愛小說也行啊。」

如此說道的晶嘻嘻笑著：

「不然給你當成作業──來想想這篇故事要怎麼進行下去吧。」

「什麼！當作業嗎！」

「想好之後，我們就用合作的名義，發表在網路上的小說網站吧～♪」
「拜託別……不然這個哥哥的離譜誤會，會擴展到世界規模……」
我一定會忍不住對故事中的角色移情，尤其是那個哥哥。
我也希望那個女生有個美好的結局啦，但說實話，那樣真的好嗎？
她跟誤會成這樣的哥哥結合，是否真的能幸福？
我一邊祈求這個哥哥最後不要步上悲慘的結局，一邊和晶挽著手，慢慢走在小巷道內。
後來我們回到旅館，老爸和美由貴阿姨已經在等了——
「涼太、晶，你們回來得真晚。」
「老爸、美由貴阿姨，抱歉。因為餐廳都很多人，我們是買小吃，邊走邊吃。」
「我們吃了好多東西，全都好好吃喔♪」
「這樣啊。那就好——那過一會兒就出發吧。」
「好。」「嗯。」
——送行後，我們兄妹約了一場會，而且晶還給我一道作業。這些事都是只屬於我和晶的祕密。

11 NOVEMBER

11月22日（一）

我現在已經結束旅程，一邊回想，一邊寫下來。

這天早上，老哥不在房裡，我差點哭出來……

不過之後我猛烈跟他撒嬌，好開心！

擁抱跟摸頭實在太犯規了……

老哥最近都會正常和我相處了，可是他有發現做這些事很像一對情侶嗎？

反正如果老哥沒發現，就先維持原狀吧。我們今天決定要去水族館和時髦的餐廳，而且沒想到還會去我的回憶之地！

太棒了！好高興！

早上我和老哥替戲劇社的成員送行。

搭車前還一起選了土產，好快樂～！

話說回來，陽向真的是個很可愛、很棒的人耶。

不管是和她一起走路的時候，還是選土產的時候，都能向她學習。

說真的，不知道老哥到底是怎麼想的？

他說自己和陽向認識四年，之前也說她很可愛，
可是真的沒有一絲情愫嗎？

不知道陽向又是怎麼看待老哥的？好在意……

不過我成功跟老哥約會了。這是只屬於我和老哥的祕密時光。

不曉得老哥有沒有認真思考我出的作業？

為了給女生一個皆大歡喜的結局，他會想到什麼呢？

無論過程如何，只要最後可以得到幸福，我就滿意了。

只要能確實接上和王子殿下結合的這個結局，就滿意了……

因為跟老哥來了一場溫泉約會，我都沖昏頭了，要稍微反省一下。

第8話「其實是溫泉熱氣戀慕事件簿⑧　～來到懸崖邊～」

「嗚哇～好漂亮！老哥，你看、快看！有好多魚！」

晶站在巨大的水槽前，顯得比平時更加興奮。

這裡是車程距離「藤見之崎溫泉鄉」十分鐘左右的「藤見之崎海中世界」。

除了能享受水族館一定有的海豚秀與海獅秀，海豹的攀岩秀也很有看點。

「老哥，快看！有好多企鵝！好可愛～！那是什麼啊～！」

現在是企鵝的散步時間，牠們跟在飼育員身後，一步一腳印地在館內走著。可愛的企鵝就近在眼前，不只晶一個人，一旁帶著家人的遊客們也開心地看著牠們。

這麼說可能對企鵝不好意思，但看著牠們的晶更讓我覺得療癒。

交互看著寫有館內活動時間的導覽手冊和手錶，結果發現了一樣晶會開心的東西。

「晶，海豚秀和海獅秀就快開始了喔。」

「我要去！」

晶以前說過，她不太喜歡到動物園和水族館，看來實際走一趟後，想法改變了。她根本完全忘記原本的目的，這下子與其說是來替雙親創造回憶，更像是純粹來這裡玩樂。

不過老爸和美由貴阿姨都拿著手機拍下晶興奮的模樣，看起來很開心，或許這樣就算是我們一家人還有雙親的美好回憶。

對真嶋家而言，晶天真嬉戲的模樣，就是最寶貴的回憶。

＊＊＊

「海豚好棒喔！海獅也好厲害！」

看完海豚和海獅的表演後，晶的心情更好了。

我默默看向老爸他們，他們依舊開心地看著晶歡笑的表情。

突然有個想法。

老爸和美由貴阿姨是不是不常看到晶這麼興奮的模樣啊？他們是否很少看她像這樣對各種東西有興趣，對看到的、碰到的東西感到開心、享受、失落甚至是煩惱的模樣呢？

我一直在晶的身邊看著她。

和她一起走過這四個月，一同感受她看見的事物、感覺到的情緒。

我是不是早已撇開他們兩位親人，自己獨占晶的這種神情了呢？

當我這麼想，美由貴阿姨過來搭話。
「涼太，你怎麼啦？玩得不開心嗎？」
「啊……沒有，我只是想到一些事。」
「在想什麼？」
晶正好和老爸巴望著水槽，於是我決定和美由貴阿姨單獨談話。
「晶以前就是這副模樣嗎？」
「該說以前嗎……其實我跟那個人離婚之前，她都是這個樣子。直到最近，才又開始看到她像以前那樣笑嘻嘻的。」
「這樣啊……」
「這都是多虧了你喲。」
「不，我沒做什麼……」
「不對，我和太一真的很感謝你。那孩子雖然靜不下來，但這才是她原本的面貌。家裡變得很開朗，我也很開心。」
「啊哈哈，她興奮成這樣，的確不像高中一年級呢……」
晶沒有理會我們，和老爸開心地看著水槽。他們已經相處得很融洽了。
「對了。涼太，你對我平常不怎麼在家有什麼想法？」

「我嗎？沒什麼想法啊。老爸從以前也是那樣，我自認清楚這也是工作辛苦的地方。這種事不能強求。」

「晶呀，也不太過問我工作上的事。她是否也和你一樣，覺得工作就是無可奈何呢？」

「我想她自己很清楚。畢竟她比起擔心自己，更擔心老爸和妳。我不曉得以前怎麼樣，但至少現在是這樣。」

我說完，美由貴阿姨露出愧疚到令人心痛的表情，低聲說：「只有一次……」

「我就那一次，沒能去學校參加她的教學觀摩……大概是小學四年級的時候。」

「為什麼沒有去？」

「我本來是打算要去，可是客人抱怨我做的妝容不好，花了很多時間修改。結果沒能趕上……」

「這也無可奈何吧？」

「可是一個小孩子有辦法分得這麼清楚嗎？而且她之後也跟我冷戰……」

「如果妳們約好了，的確會有種毀約的感覺啦。」

「涼太不曾這樣嗎？」

我稍微回想了一下自己的小學時光。

「老爸離婚之後，我跟他說過，叫他不要來教學觀摩。」

「咦？為什麼？因為很丟臉嗎？」

「沒有，不是，我是拜託他以工作優先。」

「那太一從沒去看你上課過？」

我突然感到有點懷念，決定和美由貴阿姨說說當時的事。

「不，其實他來過一次。我想想……那應該是小學四年級的第二學期吧——」

＊　＊　＊

——今天是教學觀摩的日子，老爸平常都不會來。

其實也是因為我叫他不要來啦，說起來，整個電影界已經低迷了好幾年，雖然上映的作品很多，票房卻很低……

總之老爸的公司是做電影美術的工作，因為這層影響，那陣子經營得很嚴峻。

那個時期老爸剛升遷很忙，從早到晚都在工作、工作、工作——我們在家也幾乎都見不到面。

正好第二學期過半的時候，班導來我家做家庭訪問。

老師當時已經配合老爸的工作，約時間來我家了，結果老爸還是忙到沒回家。

老師是個很熱心的人，我當時問老師來找爸爸幹嘛，結果老師說是來拜託老爸參加下次的教學觀摩。

我整個人發飆。

並告訴老師，說老爸的工作很辛苦，不用叫他去參加什麼教學觀摩。

後來那個老師心不甘情不願地走了。我猜，老師大概只覺得我在鬧幼稚的脾氣。而且或許還有其他想說的事吧。

之後過了不久，學校舉辦教學觀摩。

老爸說他會來，結果還是沒到。

那天的課程內容是發表作文，要跟大家分享「自己的父母」。

我想，老師早已決定好作文題目，所以才希望老爸去參加吧。

我發表的作文題目是〈我的老爸〉。

手機裡剛好有這篇作文的照片，就給美由貴阿姨看吧。

——啊！拜託請妳務必別告訴晶，說妳有看過！

其實在來這裡的新幹線上，差點被她看到，但我覺得很丟臉，才在被看到之前藏起來。

要是那傢伙知道我只給美由貴阿姨看，一定會鬧彆扭……

事情就是這樣，就算妳看了，也拜託不要告訴晶喔——

〈我的老爸〉

四年二班　真嶋　涼太

我的老爸很忙。
他每天都在工作，不在家。就算在家，也都在睡覺。
放假的時候，不會跟我玩。我們偶爾會去澡堂，我會幫他刷背。
老爸只顧著工作，我覺得這樣很好。
老爸努力工作，是因為他是家長。
我們家沒有媽媽，所以他只好做兩人份的努力。
因為他是家長，因為是爸爸，因為沒有媽媽，他覺得要對我負責。
不只我一個人，他也覺得自己要對其他很多事負責。
他的工作是電影美術。這是一件很棒的工作。
不是說電影美術這份工作很棒，我覺得世上所有工作都很棒。
所以我覺得老爸很棒，在工作的每個人都很棒。
可是老爸是我的家長，是我的爸爸，他工作，有責任感，我覺得是全宇宙最帥的人。
我未來也想變成老爸這樣的老爸。

——不好意思，我從以前開始國文就不好，字也很難看……

這篇作文真的寫得很糟，不過是當時的我拚命想出來的內容，請妳不要笑喔。

＊＊＊

「——大概就是這樣。老爸明明不在現場，我還唸了這篇有點害臊的作文。」

我收起遞給美由貴阿姨看的手機，突然覺得好難為情。

「結果老爸在我唸完的當下，氣喘吁吁地跑進教室。他說的第一句話是『不好意思，我遲到了！』也不知道是在跟誰道歉——」

我笑著看向美由貴阿姨，結果——怪了？她在哭！

「涼～太……」

「哦哇！美由貴阿姨！」

她突然緊緊抱住我。

柔軟到極點……這就是美由貴阿姨的——不對啦！

「美由貴阿姨，妳為什麼要哭啊！」

「因為……因為……！」

「妝！妳的妝會花掉喔！」

「你怎麼這麼惹人憐愛！」

「拜託，我現在又不是小學四年級！已經高二了，這樣實在不太好！」

「別說了！你就盡情跟我撒嬌吧～！」

就算她這麼說，面對最近才剛認識的繼母，還真的有點難……

我一直到最近才沒那麼在意，但這麼大、這麼軟，實在是啊～

我也想好好感受母親的溫暖，然而無論如何就是會挑起另一種慾望。

說到底，我本來是說出來當笑話的，完全無法理解為什麼會哭成這樣。故事都說完了，老爸卻沒能大顯身手，真是替他感到可憐。

當我滿心只覺尷尬，不知如何是好的時候──

「「啊啊啊啊啊──────！」」

有兩道熟悉的叫聲重疊在一起。

我戰戰兢兢面向他們，只見滿臉通紅的晶和老爸往這裡步步逼近。

「媽媽，妳在幹嘛啊！老哥也是！」

「沒錯沒錯！涼太，你搞什麼鬼！啊，美由貴，妳先放開他……」

「可是……可是涼太他……他是這麼可愛啊～～！」

「美由貴阿姨，換個說法啊！」

「你們這樣是花心，花心！還有，媽媽！快點放開老哥啦！」

「就是啊，涼太！你想黏著美由貴黏到什麼時候！啊，美由貴，妳先放開他……」

「那個～總之你們都先冷靜一點。這裡是水族館，大家都在看啊……」

——求救（Mayday），求救（Mayday）。

好不容易建立起來的家族情誼就快遇難了。

來人啊，講真的，拜託快來救救我們……

＊＊＊

我們在水族館逗留了很久，後來費盡千辛萬苦，才解開類似誤會（？）的紛爭，變回原本的真嶋家。

——不過真的好險。

找到遇難的家族情誼是好事，但那份情誼差點就這麼下落不明讓真嶋家面臨解散危機。

總之現在老爸和晶已經明白事由，也接受這件事。但另一方面，總覺得美由貴阿姨看我的眼神有點改變。

離開水族館的時候，她還說「以後可以叫我媽咪喲」。不過身為一個高二男生，而且長期沒有母親，要突然用「媽咪」稱呼她，實在是……

連晶都用「媽媽」叫她，我卻叫「媽咪」，這實在令人抗拒。

要是哪天傳進西山她們那些戲劇社成員耳裡，我除了「超出規格的戀妹老哥」，一定還會多一個「究極戀母男」的稱號。

——話說回來，「超出規格的戀妹老哥」是誰取的啊？雖然是我自己提的，不過「究極戀母男」也是個相當慘烈的命名……

我帶著複雜的神情坐上出租車的後座，過沒多久，就到了我們找的餐廳。

抵達之後，有好長一段時間都在候位。

這間餐廳可以欣賞日本海夕陽的美景，而且不只景色優美，他們的套餐用了許多山珍海味，非常受歡迎，因此一位難求。

我們在候位期間，靜靜地看著太陽落入日本海的景象。

「嗚嗚……好冷……」

晶怕冷又怕熱，她頂著凍紅的鼻子，看著眼前景色。後來總算輪到我們用餐，便往店裡移動。

店裡氣氛很好，沉穩又溫暖，我們被服務生帶到可以看到日本海的窗邊四人座。

我看向窗外，現在夕陽已經西下，海的另一邊有著深青色的天空和橘紅色殘光交雜而成的複雜色調。

「那個叫做魔幻時刻喔。」

老爸這麼說，晶則是反問：「魔幻時刻？」

「對啊。那是只在日出、日落的短暫時刻才有的魔法天空。」

「哦～好炫～！」

眼前這片天空確實就像被施了魔法一樣美。

看著天空的晶的臉也很美，光是能看到這麼美的畫面，來到這裡就有價值了。

接著我們攤開菜單，開始選餐。

「我要這個魚套餐，義大利麵要白醬。」

「那我選肉套餐吧。義大利麵要——」

雙親都先選完了，但我和晶中午吃了很多有飽足感的小吃，實在沒有勇氣選套餐，所以各自選了不同的義大利麵。

我們這頓晚餐聊了很多。比如電影界的話題、化妝界的話題，都是些平常沒什麼機會聽老爸和美由貴阿姨深談的話題，我聽得很開心。

當我們就像這樣，開心地分享各自餐點時，老爸突然把手機從口袋裡拿出來。看來又是公司打來的。

美由貴阿姨也跟老爸一樣，拿出手機嚴肅地看著ＬＩＭＥ訊息。

他們果然都很在意工作。

不過他們看了彼此一眼，面帶苦笑地把手機收回口袋。

這樣的舉動彷彿表明，他們現在把和家人度過的時間擺在第一。

＊　＊　＊

我們吃完飯，結帳之後走出餐廳。外頭已經完全暗了下來。

其實在這裡看到的星空已經很美了，不過我們接下來要去的地方，想必更美吧。

老爸催我們快點上車。

接下來要前往「星降之丘瞭望台」——那裡是晶的回憶之地。

「好期待喔～♪啊，手機有辦法清楚拍下星空嗎？」

「不知道耶。不調整光圈應該不行，不過還是用肉眼看最漂亮吧。」

「說得也是♪啊～真的好期待喔～♪」

我陪著欣喜雀躍的晶聊天，老爸開的車也開進像蛇一樣蜿蜒的山路。

一想到山頂有晶想看的景色，我也不禁覺得開心。

＊＊＊

從餐廳出發約四十分鐘，我們穿過蜿蜒的山路後，終於看見寫有「星降之丘瞭望台」的看板。

越過看板後，是一片寬廣的停車場，老爸很快就找了個空位停車。

停車場上已經停了幾輛車，想看星空的人都在瞭望台周邊。

我們下車後，往瞭望台走去。不過其實在停車場仰望，便可以看見一片美麗的星空俯視著大地。

「嗚哇～～……──」

晶佇立在原地，發出讚嘆的聲音。我站在她的身旁，也不禁睜大眼睛。

十一月的寒冷天空中，滿天星斗發出璀璨的光芒。

從我們居住的城鎮可看不見如此美麗的群星。
上次仰望星空如此感動，是什麼時候的事了呢？
我們四個人仰望天空好一陣子後，晶開口說了聲：「對了。」
「我們現在要不要各自行動？太一叔叔跟媽媽一組，我跟老哥一組。」
晶這麼提議後，美由貴阿姨隨著一聲「既然這樣……」來到晶面前，把自己脖子上的圍巾圍在晶的脖子上。
「現在很冷，就算只有脖子，也要好好保暖喔。」
「可是這樣媽媽不就會冷……」
「我會和太一一起圍一條。」
美由貴阿姨說完，老爸也來到她身邊，將圍巾繞在她的脖子上，兩人共用一條。原來如此，還有這種用法。
接著老爸看向我。
「涼太，抱歉了。我這條圍巾要和美由貴一起用。」
「我不冷，不圍沒關係啦。」
我稍微逞了一點強，其實我也很冷。但總不能和晶搶，也不能一起圍，只好立起外套的領子。

「美由貴，那我們走吧。」

「好，走吧。」

他們兩人和樂融融地挽著手，前往瞭望台。

我和晶留在原地，目送他們和睦地走遠，就這麼佇立著。

「好了，我們要幹嘛？」

「也去看星星嘛。」

「去瞭望台嗎？」

「不是。前面有爸爸告訴我的祕境喔～」

晶手指的方向，是與瞭望台方向相反的森林。聽說沿著山路稍微往上走，有個鮮為人知的觀星地。

——不過啊……

我看向雙親。

他們兩人正開心地往瞭望台前進。

我的腦海瞬間閃過「是不是不該離爸媽太遠」的想法，但——

「好，去看看吧。」

「這樣才對嘛！」

——機會難得，去那邊看看也很有趣。

說起來，晶想去的地方，是她和建先生的回憶之地。如果那個地方就在前面，我也想去看看。

我們來到森林的入口前，發現那裡確實有一條人走的山路，我們停在入口處拿出手機。

「老哥，這邊很暗，打開手機的手電筒吧。」

「要我走前面嗎？」

「沒關係，因為知道地點的人是我。」

隨後，我們走進草木蓊鬱生長的山路。

——怪了……？

這時候，我不知道為什麼，內心突然覺得一陣落寞。

總覺得心很慌，急忙回過頭。

瞭望台附近有燈光，能感覺到那裡還有人。

現在應該還來得及回頭吧？

「老哥，怎麼了？」

「啊……沒有，我沒事。」

——一定是我多心了。

平常不曾涉足夜晚的森林，所以才會變得有點膽小。

我在晶的面前，必須是個頂天立地的哥哥——我在心中替自己打氣，依靠手機的燈光，還有晶的帶領，就這麼在林中前進。

＊＊＊

森林中非常靜謐。

別說動物啼叫的聲音，連蟲鳴也沒有。

只聽得見林木因風搖擺的摩擦聲，還有我們踩著地面前進的聲音。

我們走進山路過了十五分鐘，已經來到街燈光線無法觸及的地方。

僅憑月光和手機的光前進，但這時候，晶突然停下腳步。

「老哥，還好嗎？會怕嗎？」

「不會，這沒什麼。」

如果這是驚悚電影，嚇人的東西差不多該出現了，不過我並未特別感覺到什麼恐懼。我想是因為晶也在這裡的緣故。

假如是一個人就絕對不會涉足的場所，只要兩個人一起闖，不知為何恐懼就會趨緩。這點晶也一樣，她看起來並不害怕。

反而露出宛如少年的笑容，享受著現在這個狀況。

「就快到了喔。」

「這樣啊。我的腳也快走累了。」

「要休息嗎？」

「不用，沒關係。天氣這麼冷，我們快走吧。」

繼續沿著山路走了十分鐘，接著森林突然變得開闊。

正面是懸崖，看來這裡就算走到底了。前方可以看見另一側高度較低的山稜線。

「老哥，就是這裡喔。我和爸爸的回憶之地。」

「這……──」

我抬頭仰望，頓時失聲。

眼前的星空比剛才在停車場看見的還要美麗，熠熠生輝。

我想應該是這裡完全沒有路燈，只有純粹的月光和星光，才顯得如此美麗。

能清楚看見晶的身影，還有周圍的模樣。

晶在星光的照耀下，披上一層奇幻的光輝，變得比平常更加耀眼。

「我就是在這裡聽爸爸說我名字的由來。」

「希望妳像這片星空一樣，發光發熱，成為照耀眾人的希望之光，是嗎……」

我覺得這是一段很棒的回憶。我是否也有如此美好的回憶呢？

「怎麼樣？現在的我，有人如其名嗎？」

晶含蓄地笑道。她自己似乎不這麼認為。

但我決定老實說出自己心中所想。

「妳跟那片星空一樣耀眼喔。」

「咦？」

「至少妳在我眼裡，是很耀眼的存在。」

「討、討厭啦～突然說這種話──」

「這是真心話啦。妳對自己應該再多一點信心。」

「是、是嗎……謝謝老哥……」

因為明亮的星光，我連她害羞的模樣都看得很清楚。她現在一定是面紅耳赤，但我並未在意，直接站在她的身旁。

「我覺得啊，真的很慶幸妳來當我的妹妹。」

「咦？」

「我的交友圈以前只有光惺和陽向兩個人，多虧妳，現在和西山、伊藤學妹、高村、早坂、南……和戲劇社的人也變成朋友了。我應該有變得比以前開朗。」

「老、老哥從我們認識的時候，就是這樣了啊。」

「才不是，我和妳度過的日子真的很快樂。雖然有時候心驚膽顫、心跳加速，但我其實很喜歡現在的生活。」

「是、是喔？那就好……」

「可是啊，我覺得冷不防就設下一個恩愛陷阱，實在不太好。」

「咦！果然不行嗎！」

「我的心臟吃不消啦。要是我心臟停了，妳會負責嗎？」

「不是啊～其實我心裡的小鹿也是一直橫衝直撞，所以我們算是扯平吧……」

我哈哈笑了三聲。本來是開玩笑的，沒想到她會當真。

「晶，我很感謝妳。謝謝妳來當我的家人。」

「嗚嗚……老哥，你好詐～我本來想搶在你前面說的！」

「哥哥凡事都會走在妹妹前面啦……反正電玩什麼的，從頭到尾都是我輸，這點小事妳就讓我啦。」

我說完，晶也笑著說：「那倒是。」

我們仰望著星空一會兒後，真的覺得太冷了，便決定回去。

「啊，老哥，等我一下。最後想拍幾張要傳給陽向的照片！」

「好，快一點喔。」

晶就這麼四處走動，拍著星空的照片。而我在這個時候，發現腳邊好像踩到什麼鐵板。

用手機的燈光照亮它，發現那是一塊看板——當上頭的文字映入眼簾，我的腦袋瞬間理解箇中含意，同時臉色發青。

「小心崩塌」。

「晶！」

我有股不祥的預感，大叫她的名字後，急忙趕往她的身邊。

「放心啦～我知道懸崖在哪邊～」

晶笑著要我別擔心，但——

「——……咦？」

晶的身體晃了一下，失去平衡——不，不對！

距離懸崖一步之遙的地面突然崩裂，晶即將和土石一起往下墜。

「晶！」

「老……──」

晶的身體就像陷入地洞一樣，整個人往下掉。

我在情急之下撲上前，抓住晶的身體。

「晶，抓緊了！」

「老、老哥！這──」

「少廢話，抓緊！快點啊！」

但我所處的地方也開始崩塌，感覺到自己的身體已經懸空……──

──至少由我來！

我抱緊了晶──

坡面裸露著許多岩石，我就這麼背部朝地──

晶的體重壓在我的胸口一帶，一股沉重的痛楚瞬間傳開──

「嗚咕——啊……晶……啊啊啊啊啊——！」

「老哥啊啊啊啊啊——！」

我抱著晶，背部靠著尖銳的岩石斜坡往下滑。

11 NOVEMBER

11月22日（一）

我至今只去過兩次水族館。

說實話，我以前很怕動物園和水族館。

看牠們從柵欄另一邊看我的眼神，就覺得很可憐。

可是聽了老哥說的話，才茅塞頓開。

原來那些動物不是被豢養，而是人類為了保護生態系，才保護著牠們。

我能做的事情，也只有狂誇牠們「可愛」或「漂亮」。有人誇獎，動物們也會很開心吧？這也是人類自私自利的想法嗎？

但是水族館好好玩。

我們在水族館發生了一件意外插曲，不過後來聽說媽媽得知老哥的事，我也懂了。如果我也跟媽媽在場，一定會想緊緊抱住老哥。

後來我們去一間可以看夕陽西下的餐廳吃晚餐。

餐點很好吃，還可以看到「魔幻時刻」，我也很高興。

最後是回憶之地……

我有點猶豫要不要寫下去。因為沒想到看完美麗的星星後，

居然會發生那種事。

第9話「其實是溫泉熱氣戀慕事件簿⑨　～父親的背影～」

我們往下摔了多深呢？

我的背、腰還有頭不斷撞在地面的岩石上，好不容易才停下來。

「唔……！」

全身上下都好痛。我只是用力咬著牙，忍著這樣的痛楚。

首先必須確認的是──晶呢？

「晶！沒事吧！」

「痛死了……我沒事──呃……老哥！你沒事吧！」

「我也勉強沒事。啊哈哈哈哈……」

看到晶平安無事，我鬆了一口氣，抬頭仰望天際。

──得救了……

剛才起身的時候，全身上下都覺得痛，不過──好，手腳都能動。

我全身上下都是挫傷，整副身體麻木不已，但看起來沒有嚴重出血，應該是不要緊。

「晶，讓我看看妳有沒有受傷。」

「別管我，你比較嚴重啦！摔下來的時候，你墊在我下面耶！」

「其實我是想拉妳當墊背的，看來是搞砸了。」

見我笑著胡扯，晶更生氣了。

「這種時候不要開玩笑啦！你為什麼還笑得出來啊！要是沒有你，我、我就……」

「我沒事啦，沒事。別說了，快給我看看——」

晶奇蹟似的幾乎毫髮無傷。

雖然有一點擦傷，看起來都沒有大礙。

「——太好了。要是妳的身體在出嫁前留下傷痕，我會被老爸他們罵死。」

「嘶……無所謂啦，反正老哥會娶我嘛……」

「既然還能開這種玩笑，就代表沒事了啦。」

「這、這才不是玩笑！」

我笑著面對晶，但其實情況不太妙。

抬頭往上看，想知道跌得多深。只見布滿岩石的斜坡前方，就是我們跌落的地方和天空的界線。

很高。

真虧我們只傷得這麼輕，我現在才覺得有點毛骨悚然。
只不過，要爬斜坡上去有點難。話雖如此，我環視四周，這裡什麼都沒有，只有廣闊的山林。
「晶，妳的手機呢？」
「在我手上——啊，可是現在收不到訊號。」
「——我的也不行。對了，GPS——也不行吧……」
——要是GPS能用，至少就能看地圖了。
「老哥，現在怎麼辦……？」
「我看，等老爸他們來救我們比較好吧。說是這麼說——」
——這裡這麼黑，又這麼冷。
在十一月的寒冷天空下，一直留在這裡太危險了。
我人生地不熟，這座山感覺也不像附近有住人，就算橫衝直撞亂走，大概也很難下山。
我和晶身上都沒有打火機，根本無法升火。
所以已經無計可施，只能在原地等待救援。
但感覺會在等待之際就被凍死。
「——不對，老爸應該馬上就會來救我們了。」

我裝作一派天真，想消除晶的不安。

「真的嗎？太一叔叔會來救我們嗎？」

「會。只要在這裡等，他一定會來。」

其實我沒有信心，但我知道老爸一定會來救人。只能這麼相信他，然後等下去了。

「可是如果他沒有發現──」

「放心。老爸玩捉迷藏的時候，最會當鬼了。」

「捉迷藏？」

「我以前都躲不贏老爸。他每次都找得到我。」

「可是現在這個，根本不是捉迷藏等級的狀況耶……」

「安啦。老爸一定會發現我們。所以在這裡等他吧？」

即使我這麼說，晶依舊顯得很不安。

「對了，晶，可以來這邊一下嗎？」

「咦？」

我把晶叫過來，她也乖乖過來坐在我前方。接著我從背後抱緊她。

晶現在整個人靠在我身上，屈膝坐著。現在要用雙腳護著腹部，盡可能不讓肚子著涼。

然後我再把身上的外套蓋在她的腳上。

這麼一來，應該就能維持體溫一段時間了。

「如何？這樣就不冷了吧？」

「可是這樣的話，老哥你……」

「我？不要緊啦。因為妳很溫暖啊。」

「你不冷嗎？」

「不冷啊。妳可別小看我喔。」

我雖然嘴上說得開朗，其實很冷。即使外衣底下穿著很保暖的內衣，身體的熱能卻馬上被外面的空氣奪走。

那讓我忍不住冷得發抖，但我繃緊身體，用力忍住。然而身體一旦使力，各處又會傳出痛楚。一定是撞到岩石的地方在痛。

總之得撐下去——只能等著老爸，希望他至少能早一點發現，但說實話，希望應該很渺茫。就算他發現我們不見了，大概也沒辦法找到這個地方。

——不，實際上就是不可能吧。

這裡是建先生和晶的回憶之地，而且是從上面深深跌落的森林懸崖下。

他一定作夢也猜不到我們會在這裡。

——不對，我不能這麼悲觀。

總之想些正向開朗的事吧。

反正快點發現啊，老爸——

＊＊＊

時間前前後後過了兩個小時。

老爸他們再怎麼天兵，一定也已經發現我們不見，急得四處尋找了吧。

現在甚至感覺到寒氣從地面湧上身體，四周也慢慢起風，我真的開始慌了。

要是體溫繼續流失，可能有點不妙。

「晶，會冷嗎？」

「我不要緊。老哥還好嗎？你在發抖耶……」

「我也沒事。抱歉，只是想上廁所。」

「不要管我，想去就去啊。」

「不了，我還是再忍一下吧。」

現在狀況果然不樂觀，即使如此，也只能繼續撐。

一會兒後，晶開始啜泣。

「晶，怎麼了？」

「因為……都怪我，才會變成這樣……嗚嗚……」

「白痴，妳根本想太多了。」

我在顫抖之中堅定地說道：

「我們是一起走進這座山，然後一起掉下來的。所以我可以明白這是我們的錯，不應該怪妳。」

「可是……」

「其實反而是我的錯吧。說不定我應該在走進森林前阻止妳，或是先跟老爸他們說一聲才對。」

「這才不是你的錯！」

「對吧？就算現在討論那些假設性的問題，情況也不會改變。這不是我的錯，也不是妳的錯。如果一定要怪罪，就當成我跟妳──我們兄妹的錯吧。」

「老哥，你為什麼在這種情況下，還能對我這麼好呢……？」

「為什麼啊……因為我是哥哥吧？」

如此說道的我用力抱緊晶。或許是因為寒冷，也是因為想消除晶的不安，我就是想告訴她：「我就在妳身邊。」

「晶，來，抬頭看看。」

「咦……？」

「樹跟山之間可以看到星空。那個是什麼啊？我只認識獵戶座和北斗七星而已，反正它很漂亮吧？」

「嗯……」

「早知道會這樣，就多學學理科的知識了。我不喜歡理科，所以一直沒心學習，結果現在連一句機靈的話都吐不出來。抱歉了。」

「沒關係，這樣就好……」

「是嗎？那我可以拒絕學習理科嗎？」

「不行啦……你會拿不到學分。會留級喔。」

「也對。那就傷腦筋了。要是和妳同年級，我身為哥哥的威嚴就蕩然無存了。陽向大概會苦笑，光惺會罵我白痴……不對，要是我不在了，他才會拿不到學分吧？因為我們是生命共同體嘛。西山感覺就會指著我大笑……若是伊藤學妹，大概會跟陽向一樣苦笑吧。高村、早坂、南她們其他人──」

我依序在腦裡想著她們每個人的臉，心中升起一股滑稽的情緒。

和晶她們變成同學。我想日子一定會比現在還要吵鬧，那樣似乎也不壞。

「就算跟老哥變成同學，我也不討厭喔。」

「為什麼？」

「我想和你一起在教室裡念書。這麼一來，每天都能在上課時看到你的側臉了。」

「妳那樣根本沒在念書吧？」

「還可以一起吃便當。我想體會一次，被身邊的人虧現充是什麼感覺。」

「哈哈哈，我倒不怎麼喜歡被別人虧。」

「我們放學後還要一起去社團，然後放學一起回家。在回家路上到處閒晃，來一場放學約會之類的。」

「那跟現在沒差多少啊……」

「我也想一起去校外旅行。」

「我可能也想吧。雖然這次戲劇社的合宿和家族旅行攪在一起了，但我想要好好來一場旅行。」

「然後我要在校外旅行的第二天，一鼓作氣跟你告白！」

「這個……我幾乎每天都會聽妳說，所以換個地方也沒用吧～」

「討厭，你從剛才開始是怎樣啦！我是在說理想中的學校生活耶！」

「哈哈哈，是理想喔？到頭來，我們還是一直在聊假設性話題嘛。」

聊聊好的假設，其實感覺並不壞。

因為那一個一個假設聽在我耳裡，感覺就像這片星空一樣，每一道光都是希望。

——但可惜的是，我好像沒辦法實現晶的理想了……

「……晶，抱歉。我還是去方便一下。」

「啊，嗯……」

「如果妳會怕，要跟我一起去嗎？」

「才不要！你自己去啦！」

我留下想必已經臉紅的晶，站起身子。

身體卻突然重心不穩。

我的腳已失去知覺，忍不住踉蹌了一下，不過還是勉強站穩身子，撐著自己的身體。

看來我的身體快到極限了。

——你這個軟腳蝦。再多撐一下啊。晶還在這裡啊……

我斥責自己的身體，慢慢遠離晶。

＊＊＊

走了一會兒，來到看不見晶的地方，這時手機的燈光熄滅。
看來是沒電了。
這麼一來，即使到了有訊號的地方，也沒辦法打電話。
我再次仰望星空。
結果好像是因為頭太重，整個人往後倒。
我躺成大字型，看著天空，感覺身體逐漸脫力。
甚至已不覺得寒冷。
——我進化成耐寒體質了嗎？
不對，看來我也沒電了。
就這麼一愣一愣地望著星空。
看著看著，心情漸漸平穩。
星星實在很美。
我現在非常明白建先生為什麼要替晶取這個名字。

他一定是想替這片星空的光輝，還有即使定睛一看也不會覺得刺眼的舒適光芒，留下有形的面貌。

我之所以無法討厭那個性格隨便的人，想必是因為自己和他是同一種人。

如果是現在，可以明白這一點。

明明討厭孤獨自處，卻不擅長與人相處。

如果是現在，我可以明白這一點。

我們都想逞英雄。但就是因為當不成英雄，到頭來還是尋求希望。

他無論如何，都想留下名為「晶」的希望。

如果是現在，可以明白這一點。

我和建先生都希望晶獲得幸福的理由——

『——我討厭比自己弱的人。如果想要我……就贏過我吧。』

晶，抱歉了。

『——所以，我現在就當個跟你沒有血緣關係的妹妹，以後再讓我當你的新娘子吧。』

我比妳還弱。

『——我來娶你！不對，讓我當你的新娘！』

所以妳大可不必嫁給我喔……

我將整片星空都收進眼底，就這樣慢慢閉上眼睛。

即使如此，還是看得見星空。星光似乎烙印在我的眼皮上了。

既然無論睡著、醒著，都看得見星空，那醒著好像也不能幹嘛吧。

——現在是晚上。既然是晚上，就得睡覺了。

可是之後醒來，晶就會香香甜甜地睡在身邊，也不知道我內心有多煎熬……

不過那樣其實也……——

滴答……滴答……——

不知道時間過了多久。

閉上眼睛之後，開始下雨了。

直到剛才為止，天氣明明都很好，看來山上天氣多變是真的。

不過雨水好像有一點溫度。

感覺很像溫暖夏季的晴天時，從藍天落下的雨。

我把眼睛睜開一條縫。

結果眼前不是雨，是星星。星星正從天空落下。是星星之雨。

——這樣啊。

原來星星之雨是溫暖的啊……——

「——哥……老……——老哥！」

——好像聽到有人在叫我。

我再稍微睜開眼睛。

結果眼前是淚水不斷從眼眶中湧出的晶。

——晶在哭……？

「妳怎麼……了……？為什……麼……」

我的嘴不聽使喚，已經僵住，連出聲都很費力。

「老哥！不可以！你快起來！」

我沒躺下吧？妳看——怪了？

晶，妳又在玩什麼把戲？我的身體動不了耶。

「振作一點啊！為什麼倒在這裡啊！」

為什麼啊……對噢，為什麼啊？

啊，知道了。我在練習《羅密歐與茱麗葉》的吻戲吧。

話說她的臉靠得好近……難道這傢伙想來真的？

「拜託你，快站起來！不要丟下我一個人！拜託！求求你！」

妳在說什麼啊？

一開始不給我們好臉色的人，是妳耶。

不過妳能這麼說……這麼依靠我，還真有點高興啊……

「太一叔叔馬上就會來了！老爸就要來救我們了啊啊啊啊——！」

老爸嗎？對了，老爸好像再婚了嘛。

想起來了。晶是我的繼弟……不對，是繼妹……

我沒忘喔，真的沒忘。

妳不是什麼繼弟。

是繼妹。

是女孩子。

妳實在太過可愛。

搞得我很困擾……

——不過太好了。

我真的很慶幸遇見晶。

這下得謝謝老爸了。

老爸，你在哪裡啊？

不要連這種時候都遲到啊……

老爸，拜託了，你要告訴晶，說你不是個集遺憾於一身的人。

啊，在那之前，我要先把**這件事**告訴晶才行。

要是在老爸面前說，實在太丟臉了，所以要趁現在——

「晶……——」

「什麼！老哥，你怎麼了！」

「我……我其實……——」

「什麼！老哥，你快說！說什麼都好！」

「晶……我……其實很……妳……——」

倏地，星空消失了。

我的眼前一片漆黑，這下子真的是沒電了。

就在這個時候——

「——涼太啊啊啊啊————！」

——突然聽見老爸的聲音。

搞什麼？你來了喔？

老爸，你很不會抓時機耶。

我好不容易想跟晶坦白自己的真心了……

「太一叔叔！老哥他！老哥他！」

「涼太，喂……振作一點啊，喂！」

隱約感覺得到老爸的手放在我的肩膀、臉，還有頭上。

「他從剛才開始就不動了！」

「唔……！他的身體好冰！晶，沒事嗎！」

「我沒事……因為老哥保護了我……」

「這、這樣啊！好，那就好！涼太，你很棒喔！有好好保護晶！真不愧是哥哥！好，那現在換你了！換你了啊！」

我？我只是有點想睡，沒事啦。

不要一直晃我啦……都說我想睡了……——

「放心吧，沒事了！爸爸已經來了！沒事了！」

「太一叔叔，現在要怎麼辦！」

「我要把涼太揹到車上！晶，妳可以跑嗎！」

「嗯！我可以！」

「好！那晶，我揹著涼太──妳幫我把這個蓋在他的背上！」

「我、我知道了！這樣可以嗎！」

「還有，用這條繩子纏住我和涼太的身體！」

「──這樣嗎！」

「好！這樣就行了！晶，聽好了，絕對不能離開我身邊喔！」

「嗯！」

我再度把眼睛睜開一條縫，只見模糊的視野中。景色不斷搖擺。

自己現在大概被老爸揹在背上吧。

真難看。都高二了，還要老爸又揹又抱的。

「涼太，聽好了，不准睡啊！晶，妳跟涼太說些話吧！」

「好！」

喂喂，我很想睡耶……

晶、老爸，一下下就好了，讓我睡啦……

我現在……是真的想睡……

…………

…………………——

＊＊＊

「——奇怪了，我……」

當我醒過來，發現自己在爸爸寬廣的背上。

「嗯？涼太，你醒啦？」

「啊，嗯……我怎麼了？」

「你在澡堂睡著，我看你睡得很香，就沒叫你了。」

「這樣啊。原來我直接睡著了啊。」

我在迷糊之中想起來了。

今天是星期日。

我跟爸爸互相刷背後，泡進浴池裡，後來在休息的時候睡著了。

看了看四周，發現已經是黃昏。

爸爸揹著我，走在一條大河旁的堤防上。

「我下來走啦。」

「不用啦，你直接睡到家吧。」

「才不要，好丟臉……」

「不用跟長輩客氣啦，反正又沒人看。」

讓爸爸揹著走，我覺得有點丟臉。所以默默把自己的臉埋進爸爸的背。

我就這樣遮著自己的臉，一會兒後，爸爸出聲叫我：「涼太，還醒著嗎？」

「幹嘛？」

「你的班導有打電話給我，要我一定要參加下次的教學觀摩。」

「……你不用來，沒關係喔。」

「說是這麼說，可是我被老師罵了耶。」

「為什麼？」

「我去年都沒去過教學觀摩，老師很擔心你。所以要我至少去一次。」

「是喔……」

「所以我決定要去。就算已經長這麼大了，爸爸還是不想挨老師的罵嘛。」

「你可以嗎？工作不是很忙嗎？」

「嗯，我會想辦法——先別管我，老師還有說一件讓我很在意的事。呃，那算是老師說的，還是向我確認的啊……」

「什麼事？」

爸爸停頓了一下，然後口吻變得很沉重。

「你在學校被欺負了嗎？」

我很猶豫要不要說實話。

因為覺得會給爸爸帶來困擾。

「沒有，我只是跟人打架而已。」

「這樣啊……你好強啊。那為什麼要打架？」

「……因為他們笑我。說我被媽媽拋棄了……」

「然後你怎麼應對？」

「我回嘴了。自己才不是被媽媽拋棄，是被爸爸拯救了……」

後來爸爸有好一會兒不說話，最後終於張開沉重的嘴。

「……涼太，其實爸爸正在考慮要不要辭掉現在的工作。」

「咦？為什麼？」

「你要不要跟爸爸回去爸爸的老家？你看嘛，你不是跟小健這個親戚感情很好嗎？那邊還有冴子姑姑、爺爺和奶奶。大家都在喔，怎麼樣？」

「我有爸爸就夠了。」

「可是爸爸都丟著你一個人不管耶。」

「我不是一個人啊。你一直為了我努力工作，我從來不覺得自己一個人很孤單。而且爸爸很喜歡現在這份工作吧？既然喜歡，就做下去啊。我覺得工作的爸爸很帥。」

爸爸停下腳步。

他的身體微微顫抖著。接著鼻子發出吸氣聲，並低著頭。

——他是怎麼了？會冷嗎？還是我太重，他累了啊？

雖然我很擔心，但爸爸很快大大吸了一口氣，然後又繼續往前走。

「……我知道了。那爸爸就……再努力看看……吧……」

「嗯。我會在學校努力，所以爸爸工作加油喔。」

我對爸爸這麼說完，又沉默了一下子。

然後過了不久，爸爸這次以開朗的口氣說：

「對了，你以後就叫我『老爸』吧。」

「老爸？」

「對。你看，爸爸這個稱呼只有『爸』這個字對吧？但是在日文裡，『老爸』這個詞卻是把『父親』倒過來，有『親』又有『父』啊。這樣你叫我的時候，也有『親』又有『父』了！啊（註：爸爸日文是「父さん」，老爸是「親父」），如果你不要，照現在這樣也可以喔。」

「有親又有父的老爸啊……嗯，如果你希望我這麼叫，我就用老爸叫你……」

「老爸啊……哎呀！真是動聽！」

看來用老爸叫爸爸，他會很高興，所以我決定以後都用老爸叫他。

「然後你講話也不要太斯文，用『我』（註：日文原本涼太使用「ぼく」，改成「俺」，中文都是「我」）自稱怎麼樣？聽起來比較強吧？」

「的確感覺比較強——嗯，那以後……不對，是我。以後我就這麼說話。」

「好啊。那以後我們就是『老爸和我』，一起加油吧？」

「嗯！」

用「老爸」稱呼爸爸，並用「我」稱呼自己，總覺得有點難為情。但我覺得從這個時候開始，自己就稍微變強了一點。

不知道是不是對變強的自己感到放心，我又開始想睡了。

「涼太，還要走一段路才會到家，你可以再睡一覺喔。」

「老爸……」

「怎麼了？」

「什麼啦……──好了，你睡吧。等我們回家，再一起吃好料吧。」

「嗯──老爸，我跟你說喔……」

「到底要說什麼啦？」

「如果你有喜歡的人，要結婚也沒關係喔。」

「……會出現那種人嗎？」

「會啦，一定會。因為你很帥啊。」

「是、是喔，這樣啊……」

「不用不好意思啦。」

「我才沒有！」

──啊啊，總覺得好安心。

好想睡……

老爸的背讓人好放心。寬大又暖暖的。

如果就這樣睡著，我醒來後就會到家了嗎……──

11 NOVEMBER

11月22日（一）

我和老哥一起去山丘，

果然還是沒辦法。寫不下去了。

因為又會哭出來……

最終話「其實是……最棒的一家人，謝謝你們……」

Jitsuha imouto deshita.

——鏘————！

「呀！」

「喂！陽向！」

光惺慌慌張張地看向陽向。

這裡是上田家的客廳，陽向結束合宿回家後，正想把在土產店買的相框擺在客廳。

可是不知怎麼的，相框突然掉落，玻璃發出一道激烈的聲音後碎裂。

「我沒事——啊！照片！」

陽向對著碎裂的玻璃伸出手。卻在剎那間，被一隻強而有力的手抓住。

「別鬧了，很危險。」

陽向不禁瞪大眼睛。光惺抓著陽向的手。因為他意外地用力，加上這樣的態度不像平常的他，讓陽向非常驚訝。

這時候，光惺注意到的是，在破裂玻璃當中的一張照片。

「陽向，這張照片……」

「嗯，是花音祭拍的那張。我想說用相框裝飾，好紀念我們四個人一起拍的照片……」

陽向露出一抹悲傷的表情。

「這是涼太學長和晶特地幫我選的相框耶……」

「框又沒摔壞，之後再換玻璃就好了。」

「這樣啊，也對……」

「我來收拾玻璃，妳去拿吸塵器和封箱膠帶。」

「嗯——」

陽向離開客廳後，光惺不假思索地拿起那張照片。

上頭映著身穿舞台裝的涼太、光惺、晶，還有穿著一席紅色洋裝的陽向。

這是戲劇結束後，他們四人立刻拍下的照片，光惺都忘記這張照片的存在了。

戲劇、演戲——他原本不打算出場，但為什麼他的身體當時有了反應？其實光惺自己也很清楚。

當光惺回過神來，已經把自己的食指伸進破碎的相框中，撫摸著照片裡陽向的頭，但又馬上看向照片中，就在陽向身旁的涼太。

他不知道為什麼，就是突然很在意涼太。他們有好幾天沒聯絡了，或許偶爾由自己主動傳ＬＩＭＥ給他也好。

「──哥哥，我把吸塵器拿來了喔。」

「呃……噢，謝了──……唔！」

突然有人出聲，光惺嚇了一跳，結果玻璃尖端劃破了他的手指。

傷口本身並不深，但右手食指斜切出一條線，圓圓的血滴就這麼湧出。

「啊！哥哥，血！」

「噢，這點小傷沒事──」

此時，陽向柔軟的唇瓣突然吸住光惺的手指。

「──陽向，妳在幹嘛？」

「呃樣野又唔未由呃……（這樣血就不會流了……）」

陽向閉起眼睛，繼續吸吮光惺的手指。光惺在驚愕之中看著陽向，然後迅速抽回自己的手，就這麼緊緊抓著關節處。

「白痴。很髒啦……而且妳幹嘛突然這麼做……」

「因為你以前就對我這麼做過啊。」

光惺心想：那根本是小學時的事了。

陽向剛開始學做菜的時候，曾經被菜刀切到手。當時光惺慌慌張張地做了同樣的事。

後來長大，有了知識後，他這才知道那樣對傷口不好。不過現在想起當時的事，光惺突然一陣害臊。

「還是說，你不喜歡我對你這麼做……？」

陽向以水潤的眼眸看著光惺。

光惺老是贏不了這樣的視線。因為贏不了，他才會尋找退路逃脫。雖然找到的退路總是一些尖酸刻薄的話語，現在卻不太一樣。

「不是……我說的髒……是指我的血啦……」

他已經裝作不害羞了，臉頰卻不受控制地泛紅。

「我跟你流著一樣的血，那我不也很髒嗎？」

「妳……很乾淨漂亮。」

「咦？哥哥，你剛才說——」

「好了，我要用吸塵器了。」

「啊，我來就好，你去擦藥——」

「我洗一洗就好。」

光惺來到盥洗室，正好聽到吸塵器的聲音從客廳傳出。

他轉開水龍頭，想清洗傷口——結果一滴血應聲滴落水槽，然後緩緩流動，變成一條線後，流入排水口。

那條紅線捲入從水龍頭流出的水中，變成漩渦的形狀，最後沉入陰暗的排水口內。

光惺望著這樣的景象半晌，這時涼太這個朋友的話語突然浮現腦海——

「——孟德爾定律毫無親情可言，是嗎……」

涼太說，他覺得血緣關係無聊透頂。

可是他無法忽略血緣關係。

他說過，覺得血緣關係麻煩透頂。

那不是光靠想辦法就能解決的問題。

——這種事情不用你說，我也知道。

因為我也被孟德爾定律束縛著。

光惺想著這些，用水沖著不斷冒血的指尖。

＊＊＊

「——好，這樣就行了。」

陽向替光惺消毒傷口後，貼上ＯＫ繃。

他們兄妹已經好久沒有同坐在沙發上，對光惺來說實在渾身不自在。再加上兩人獨處，更讓他感到難為情。

「妳幹嘛貼卡通人物的ＯＫ繃啊……」

「因為只有這個了嘛。可是很適合你喔，哥哥♪」

「噢，是噢——謝了……」

「不客氣♪」

陽向瞇起眼睛笑道，又讓光惺一陣難為情，忍不住搔了搔頭。

「對了，妳去那個合宿，感覺怎麼樣？好玩嗎？」

「咦？」

「幹嘛？」

「哥哥明明完全不關心別人，現在卻對我們的合宿有興趣嗎？」

「呃……！沒興趣啦，我只是姑且問一下！」

「好好好——我想想，很好玩喔。跟戲劇社的人……對了對了！涼太學長和晶也碰巧去那邊玩喔！」

「我知道。因為妳用ＬＩＭＥ說過了。」

「好驚訝，沒想到會和涼太學長他們的家族旅行去同一個地方。行程雖然匆匆忙忙的，卻很開心喔。然後啊，哥哥——」

之後，光惺聽著陽向開心地把旅行的趣事從頭到尾說一遍。

陽向自始至終都只提到「晶」與「戲劇社的成員」，但對光惺來說，幾乎是不重要的話題。

他真正在意的事是別件。

陽向卻從未提及，合宿的話題就這麼結束。於是光惺主動開口詢問：

「——那妳有跟涼太獨處嗎？」

「咦？跟涼太學長獨處——嗯，姑且算有吧……」

「獨處之後呢？」

「之後……可沒發生哥哥期待的事喔！咧！」

陽向吐出舌頭說著。

「受不了……妳就是這樣，才得不到涼太的心啦。」

「我跟涼太學長又不是那樣……」

「妳國中的時候不是喜歡他嗎？」

「才、才不是喜歡呢！我只是覺得他感覺不錯！」

「那就是喜歡啦。」

光惺說完，陽向的臉色稍微沉了下來。

「有點不一樣。硬要說的話，算是嚮往吧……？」

「嚮往？」

「嗯。國中的時候，很嚮往涼太學長，現在應該也一樣——說實話我還很羨慕晶喔。」

「有什麼好羨慕的啊？」

「涼太學長有包容力又溫柔，還會疼愛人，要是能一起生活，一定會很快樂吧……」

「抱歉喔，結果是我這種人當妳哥。」

「我又沒有那麼說！」

陽向稍微嘟起嘴鬧彆扭，但光惺並沒有和她爭論的意思。自己是個不及格的哥哥，對他來說反而正好。

然而陽向微微放低視線，雙手食指不斷互點指尖。這是陽向從小養成的習慣，一旦有難以啟齒的話，就會做這個動作。

「哥哥也有哥哥的優點啊……」

「比如說呢？」

「呃……嗯……──」

「……如果還要想，就不用勉強自己了。」

光惺嘆了口氣，陽向則是笑嘻嘻地說：

「騙～你的，開玩笑的啦──因為我已經知道你其實跟以前一樣溫柔了……」

「啥時？我哪裡溫柔了？」

「上次花音祭的時候。比如車禍的時候啦，涼太學長被我害得僵在舞台上的時候啦，當時哥哥都救了我──真的覺得很高興。」

「噢，那是……」

「啊，不過『這傢伙是我的女人』這句話──我現在想到，還是覺得很難為情。」

陽向說完，嘻嘻笑著。光惺也想起自己說過那句話，開始害羞。

「那是我在情急之下即興演出來的啦──而且我說妳，那時候好歹也要抱緊涼太啊。」

「我才做不到……」

「為什麼不行？」

「因為涼太學長有晶了啊。我不行啦……」

陽向低下頭。臉上雖是苦笑，表情卻很複雜，甚至可以解釋成悲傷。但光惺並未理會，繼續開口：

「說實話，妳到底想怎樣？」

「咦？什麼怎樣——」

「妳不會想認真跟涼太交往嗎？」

「就說了，我——」

「我是不知道那個矮冬瓜心裡怎麼想，可是涼太絕對不會和那傢伙變成那種關係，所以妳放心。」

「咦？什麼意思？晶和涼太學長……咦？」

「我是說，那對兄妹從頭到尾都只會是兄妹。」

「他們之間是戀愛的關係？兄妹嗎？」

其實陽向也有頭緒，但一直以為他們是感情很好的兄妹。更進一步說，也可以算是感情很好的異性朋友，她覺得那是她理想中的兄妹關係。

現在重新用戀愛關係來思考，讓她不禁湧現「或許說得通」的憂慮。

只不過光惺看似知情，卻假裝不清楚內情，只會說「誰知道」，這更讓陽向倍感困惑。

但這不重要，她這個哥哥到底想說什麼？

其實陽向也想知道哥哥真正的意圖，可是現在很介意涼太和晶的關係，在意得受不了。

「我搞不太懂……意思是涼太學長沒有把晶當成一個女孩子？」

「……誰知道。不過應該不會變成戀愛啦。」

「你為什麼有辦法肯定？」

「為什麼……這還用問──」

光惺把涼太的立場和自己重疊了。

他和涼太其實有相似之處。

他們都站在一條不能跨越的界線前，得過且過地走著，最後還是找了個藉口，就這麼逃之夭夭。說到底，他們只是害怕往前，卻又無論如何都不敢承認。

「──因為他被孟德爾定律詛咒了啦。」

當光惺說完，陽向眨了眨眼。

「我完全聽不懂耶……孟德爾定律？」

「……反正意思就是妳也有機會啦。妳現在不是也很嚮往他嗎？照理來說，大家都會希望嚮往的人就在自己身邊。所以──」

光惺有自覺，自己即將說出很過分的話語。

但這是為了陽向，也是為了涼太──不對，別再找藉口了。

他自暴自棄地想著，他是為了自己，所以要對陽向說出過分的話。

「——快去跟涼太告白。妳跟那傢伙交往就對了。」

陽向瞬間露出悲傷的表情，光惺則是與平常一樣，頂著臭臉。

「哥哥……」

「那傢伙是很重視晶，可是一旦你們交往，他也一樣會重視妳。而且他跟我不一樣，是個會為了重要的人事物拚命努力的人。所以如果是涼太，如果是妳願意交往的對象，那我覺得這樣很好。」

光惺很清楚明白，為什麼陽向會一臉傷心。

然而他知道陽向期望的事情，絕對不可能實現，所以才會故意將她推開。

只見陽向靜靜地開始思考。

在這段時間，光惺一個勁地告訴自己：「我沒有錯，我是對的。」

他絲毫不覺得因為是兄妹，就能彼此了解。

有的時候，正因為是兄妹，才無法彼此了解、無法接受。

沉默持續了好一會兒。

終於開口的人，是陽向。

「如果我和涼太學長交往，哥哥會開心嗎？」

「……是啊。我從國中就這麼希望了。現在也是。我覺得你們很登對。」

「這樣啊……原來你會開心啊。這就是你的希望啊……」

陽向低著頭，但這次的沉默沒有持續多久。

「讓我思考一下……」

「好，知道了——」

這個時候，光惺澈底大意了。

「——呃，妳……！」

光惺突然被陽向抱住，他嚇得抓住陽向的肩。

「妳在幹嘛啊！」

「哥哥，拜託你。一下下就好，讓我抱著——」

光惺無力地放下抓著陽向的手，然後這麼想道：

——涼太，你在搞什麼鬼啊？不要一直顧著晶，顧一下我妹妹啊。拜託你快回來。否則的話，我又會傷到陽向……

他的心跳快到連自己都覺得很懊惱。

我們兄妹倆是什麼時候變成這樣的呢？

光惺就這麼面對窩囊的自己，並靜靜等待時間過去，直到陽向放開他。

現場唯有破碎的相框，默默地看著這對兄妹。

＊＊＊

——…………

…………

……好暖和。

很暖和，很柔軟，讓人很平靜。

而且還有一股很香的味道。是我聞過的香氣。也是我喜歡的香氣。

這是……我知道了……——

儘管閉著眼睛，也感覺得到光線。

我將眼睛睜開一條縫，一道刺眼的光線隨之射進眼簾。

可以肯定這裡不是星空下，原本模糊的視野開始逐漸清晰，這才知道那是天花板上的日光燈灑下的光。

接著當頭腦開始清晰，我發現眼前是一片陌生的天花板。

——這裡是哪裡？

不對，這不重要，我有一件事想先確認清楚。

「——……晶？」

我醒來的第一句話，是呼喚繼妹晶的名字。
她最近總是睡在我的身旁，所以我猜她現在一定也躺在旁邊。
抱著這個想法轉頭。
這時候有幾道影子落在我身上。
幾張熟悉的臉龐，就這麼窺視著我。
「老哥……」
「涼太……」
「涼太……」
「呃……晶、美由貴阿姨，還有老爸……？」
看樣子是真嶋家的人們一起在看我睡覺……為啥？
我本想梳理一下記憶，但他們三人的表情實在令人在意。
晶的眼裡堆滿淚水。

美由貴阿姨的妝都花了，老爸的眼睛則是已經哭腫。

我實在不太懂，不過如果現在是早上，是不是應該先打聲招呼啊？

「那個……大家早啊——」

正當我覺得只有自己一個人睡過頭，睡臉還被人看光，未免也太丟臉時——

「老哥啊啊啊啊——！」

「涼太～～～～！」

「涼太啊啊啊啊——！」

他們三人突然嚎啕大哭。

——呃，現在到底是……

我真的是一頭霧水，不過既然家人都在，那這個地方或許是我家吧。

既然如此，我應該還有一句話要說——

「——我回來了。」

＊＊＊

我醒來的地方，是藤見之崎溫泉附近的綜合醫院。

醒來後，接受各項檢查，聽了事情的來龍去脈，才知道自己現在處於什麼樣的狀態。

——失溫症。

聽說我的體溫低到根本是危險狀態。

我在那座山上意識陷入昏迷，後來老爸過來救援，把我揹到車上，送來這間綜合醫院。

後來脫離險境，現在就像這樣，還算過得去。

順帶一提，我和晶跌落懸崖的時候，已經做好會斷一、兩根骨頭的覺悟，結果根據檢查結果，骨頭毫無異狀，只有擦傷和挫傷，算是不幸中的大幸。

主治醫生說，大概是因為我平常有積陰德吧。

現在時間接近中午。

我從病床上坐起，和老爸單獨聊天。

「——真是的，你們在山上失蹤的時候，我們真的是擔心死了。」

「哈哈哈，老爸，就像你看到的，我沒事啦——」

「混帳王八蛋！這一點都不好笑！」

我已經好久沒被老爸吼了，但他這一聲實在是欠缺魄力。

或許是因為這裡是病房，他才收斂了一點吧。

「不過我和晶都平安無事啊，你不要氣成這樣啦。」

「……受不了，你有生命危險耶！我到的時候，你的意識已經少掉一半了耶！」

「這樣喔……」

久違被老爸罵了。總覺得有點開心。

「老爸，抱歉。不對，應該說謝謝你吧……」

「既然你平安無事，那就好……」

「話說回來，老爸，真虧你知道那個地方耶。」

「嗯？」

「因為那邊要繞過瞭望台才能到吧？說到底，你怎麼知道我們在那裡啊？」

「……因為我也知道那個觀星祕境啊。」

「咦？是噢？」

「我讀大學的時候，在參加戲劇類社團的同時，也有加入登山社。」

「原來是這樣。所以才會去過那個地方啊？」

「是啊。某個人告訴我的——」

「某個人？」

老爸原本顯得有些難以啟齒，卻在一句「是大學學長啦」之後，繼續往下說：

「所以啦，我只是猜你們可能會在那裡，才會過去看看，然後就發現懸崖邊有崩落的新痕跡。」

「所以就知道我們掉下去了？」

「是啊。而且美由貴幫晶圍上的圍巾就掉在那裡。大概是你們摔下去的時候，因為衝擊力道掉下來的吧。發現圍巾後，我趁著美由貴聯絡各單位的時候，跑到懸崖下了。」

「這樣啊。所以那條圍巾姑且算是派上用場了吧……」

「是啊——而且你真是個了不起的傢伙。」

「咦？哪裡了不起？」

「晶跌落懸崖時，你不是護住她了嗎？結果她幾乎沒有受傷，還說是你保護了她。」

「我就……情急之下……」

「涼太，正常人在這種時候啊，都會優先保護自己的性命。是本能使然。一心想著要救自己，根本顧不得旁人。」

「是這樣嗎？我倒是只想著晶耶……」

說完之後，才開始覺得害臊。

這樣聽起來根本像個戀妹……不對，聽起來就像把晶當成異性看待吧？本來有些擔心，但看來是我杞人憂天了。

「你這個哥哥很了不起。居然為了保護妹妹，做到這種地步。」

「沒有啦，我不是……」

「摔下去後，你還保護晶不受凍不是嗎？一和晶扯上關係，你真的很了不起耶。」

聽到老爸說成這樣，總覺得有點害臊。

如果是西山，她會怎麼說呢？感覺就會說：「真不愧是超出規格的戀妹老哥。」但如果是陽向或伊藤，應該會老老實實擔心我啦……

「可是啊，我昏倒之後，就幾乎不記得發生什麼事了耶。」

「是噢？」

「頂多就覺得星星很漂亮吧。然後晶就來到我身邊——嗯？對了，晶在哪裡？」

「她在走廊，跟美由貴在一起。」

「她是怎樣啊？過來讓我看看啊……」

「白痴。所以大家才會說你遲鈍啦。」

「……說這種話的人，主要都是老爸喔。」

老爸一臉傻眼，所以我一眼瞪過去。

「晶一直哭個不停。說她對不起你。」

「她根本不用往自己身上扛啊……」

「我也這麼跟她說了，就算這樣，還是不免會這麼想吧。其實救了你的人，是她跟美由貴啊……」

「咦？晶跟美由貴阿姨？」

老爸說著，一臉不是滋味。

「把你搬上車子時，為了不讓你的體溫再往下掉，她們兩肋插刀，幫了你一把啦。」

「具體來說，是怎麼個幫法？」

「就是兩肋插刀啦！為了你，她們以身相挺啦！」

「呃！那該不會是……」

「……對啦。她們在後座，把你夾在中間，然後……用體溫幫你取暖……」

「唔──────！」

──太離譜了……

換句話說，這是被夾在繼母和繼妹中間的三明治？

那個柔軟的觸感和香氣是這麼來的嗎！

「我、我可不是吃你的醋喔。可是啊，你居然讓別人的妻子——」

「先、先等一下！所以老爸的意思……是那樣吧……？」

「就是那樣啦！多虧有她們，你才有辦法撐到醫院，所以你可要好好向她們道謝啊！」

「……好。我真的無以言謝……」

現在極度無顏面對她們……

我打從心底感謝她們，但決定當作沒聽到剛才那些話。

「那……老爸，抱歉，你可以幫我叫晶過來嗎？我想跟她單獨聊一下。」

「好。那我去叫她過來——」

「啊，老爸，等一下！」

我留住站起身子的老爸。

「嗯？幹嘛？」

「老爸……」

「怎麼了？」

「只是想叫一下。」

「怎樣啦？好了，我去叫人過來——」

「老爸！」

「你到底要幹嘛啦……」

「老爸，其實你教學觀摩那天，在走廊聽到我唸的作文了吧？」

「呃……！你……早就知道了嗎……？」

「班導是這麼跟我說的。他說你好不容易趕上了，卻進不了教室，結果就在走廊聽我唸作文。老師說看到你一直在走廊哭……」

「你、你可別誤會喔。我、我才沒有哭……」

年過四十的大叔傲嬌起來實在有點勉強，我忍不住笑了。

「謝謝你，一直當個帥氣的老爸！」

「……噢、噢——」

「不用害羞啦。」

「我才沒有！」

接著老爸頭也不回地走出去。我猜是不想讓我看到他害羞的模樣吧。

好了，等一下晶會用什麼樣的表情進來呢——

＊＊＊

我等了一會兒後，病房的門靜靜打開。

只見晶一臉尷尬地從門的縫隙探頭進來，然後又縮回去，接著再探進來，又縮回去，不斷反覆。像極了某種小動物，太可愛了。

我面露苦笑地叫她：

「晶，怎麼了？進來啊。」

「呃……嗯……」

晶靜靜踏入病房，就這麼站在房門口，和我保持距離。

她開始頻繁用右手搓揉左手肘，要跟我說話似乎讓她覺得很尷尬。

「怎麼啦？不要站在那裡，來這邊啦。」

「嗯……」

晶緩緩往我這裡走來，卻在病床旁的圓椅旁又停了下來，臉上盡是尷尬的神情。

「晶，把手伸出來一下。」

「咦——這樣？」

她伸手的瞬間，我便抓住她的手，將她拉到病床旁。

「呀！」

接著我兩手直接從晶的背後摟住，不讓她走。

雖然晶沒有做出多大的抵抗，卻不知該怎麼辦才好，整張臉都紅了。

「好，抓到妳了。」

「拜託，老哥！你幹嘛突然抓我！」

「因為我怕妳會落跑啊。」

「我、我才不會落跑！別鬧了，快放開！」

「不～要——看，這就是平常的妳。妳一抓到我，就不會放開，不是嗎？」

「因、因為現在這個狀況……」

「就是因為現在是這個狀況，才希望妳像平常一樣抱我啊。」

我在晶的耳旁輕聲說話，然後慢慢鬆開自己的手。

「妳有什麼話想跟我說嗎？」

當我這麼問，坐在床緣的晶便紅著臉，點了點頭。

「……老哥，那個我……對不起……」

「不對！」

「咦咦！」

「至少也該是道謝吧！」

「啊，嗯……謝、謝謝你……」

「這樣就行了——好啦，開玩笑的。我才要謝謝妳救了我。」

我咧嘴一笑，然後摸摸晶的頭。她一開始還是坐立難安，但後來似乎慢慢習慣，便露出笑容。

「我真是完全比不過老哥……」

「哪裡比不過？」

「全部。」

「什麼全部？」

「全部就是全部。真的很對不起，我是這種妹妹……」

「我可從沒討厭過妳耶。」

「咦……？」

「我之所以能做我自己，都是多虧有妳啊。我不太會解釋，但妳是我的希望。應該說就算我的心情晦暗不堪，只要有妳，就能努力——」

我說著說著，開始害臊，但還是繼續往下說：

「——總之，我覺得我這個當哥哥的很沒用，可是妳來我家之後，我現在非常幸福。真的幸福到想跟所有人炫耀……所以晶，妳不用對我過意不去——」

「老哥——！」

「哦哇！幹、幹嘛啦！妳幹嘛突然這樣！」

「老哥、老哥、老哥——！」

我完全慌了手腳。因為晶突然抱著我，開始哭泣。

「我好喜歡你！最喜歡你！我愛你！」

「呃……噢，是噢……」

「一想到你會不見，我、我就……嗚哇啊啊啊啊～～！」

「放、放心啦，妳看，我現在就跟妳在一起啊。所、所以別哭成這樣……」

我不知該如何是好，就這麼慌了好一陣子。

後來再度抱住晶，輕輕撫摸她的頭。

我不發一語，摸著她的頭。不久後，看她終於冷靜下來，一邊吸著鼻水一邊用手拭淚。

這樣的想法雖然不好，但我竟覺得哭泣的晶也好美。隨後，驚覺一件事。

——星星之雨……原來如此，是當時的……

我對倒下之後發生的事情幾乎沒有印象，不過剛才這一下，讓我想起當時晶似乎也為了我落淚。

以為是星星之雨的水滴，之所以帶有溫度，是因為那是晶的淚水。

「妳果然是我的希望之光。」

「什麼啦，突然說這種話……嘶……嘶……」

「沒有啦，只是有這種感覺。」

有人會為了我傷心落淚。

我有老爸、美由貴阿姨，還有晶。或許這就是所謂的家人吧。

「晶，謝謝妳了。」

「謝什麼……嘶……」

「全部。」

「什麼全部……？」

「全部就是全部——妳以後也願意繼續當我的妹妹嗎？」

「……這……我的心情有點複雜。」

「咦？」

「我不要永遠當妹妹！」

「居然說不要，妳喔……」

就在我心中滿是無奈時，萌生了某種想法，因此脫口說出：「對了。」

「我的作業！就是妳說要寫的小說的女主角。」

「咦？」

「就是那篇故事的後續，妳說要想一個讓女主角獲得幸福的結局。」

「噢，那個啊……」

「妳說皆大歡喜才是王道！可是我覺得對我來說，皆大歡喜還是太難了啦～」

「怎麼這樣啦……」

「所以啊——」

我把手放在晶的肩膀上。

「——妳以後可以跟我一起思考，要怎麼樣才能讓那個女生幸福嗎？直到皆大歡喜的結局出現，都一直陪我思考。」

晶聽了，瞪大雙眼。

說實話，我很擔心她接下來會有什麼樣的反應，但幸好一如我的期待，她展露笑臉，大大「嗯」了一聲，並點頭答應。

這時候病房的門被打開，老爸和美由貴阿姨走進來。

我和老爸相視而笑，接著彷彿下一秒就會哭出來的美由貴阿姨搶先來到我身邊。

「涼太～！謝謝你！謝謝你救了晶！幸好你也得救了啊～～～～！」

然後突然抱緊我。

「啊……等等，美由貴阿——唔噗！」

美由貴阿姨的胸部壓在我的臉上，不知是因為柔軟的觸感還是好聞的香氣，反正我覺得呼吸好困難。

「拜託，媽媽！我正在跟老哥談很重要的事耶！快～點～分～開～！」

「美由貴，這對他太刺激了！快點放手！」

「涼太～～！你可以叫我媽咪喔～～！」

「美由貴阿姨，這實在是有點！」

「我討厭老哥叫什麼媽咪！啊，不過可能是有那麼一點想看看！是說，媽媽！妳快點放開老哥！」

「涼太！美由貴是我的！啊，美由貴，妳先放手……」

「**老爸**，你快點拉媽媽的那隻手，把人拉走！」

「噫！晶，妳進入叛逆期了嗎！晶居然罵我**臭老頭**～～！」（註：老爸的日文「親父」也有臭老頭的意思）

「各位～你們先冷靜下來。這裡是病房，會吵到別的病人……」

——求救，求救。

好不容易建立起來的家族情誼就快遇難了。

——不對，這次反倒算是一個發現吧……——

總而言之，可以肯定經過這次的事件，真嶋家的牽絆更穩固了。

然後我和晶有了一個重大的課題。

我是覺得好像已經有了答案，或許重要的是過程吧。

我們要寫下答案，然後歷經煩惱，最後擦掉，接著繼續寫下答案、煩惱又擦掉……——

想必會像這樣幾經波折，但還是朝著同一個答案前進。

既然如此，往後我也想要和出題的晶一起細細品嘗這些經歷。

然後往所謂的皆大歡喜結局邁進。

11 NOVEMBER

11月22日（一）

皆大歡喜的結局是什麼呢？

我覺得和王子殿下結合，就是所謂的皆大歡喜。可是有的時候，會覺得或許不只如此。

後來太一叔叔來救我們，我和老哥都得救了。

媽媽稍微罵了我一頓，不過我是真的有在反省，所以她原諒我了。

太一叔叔嘴上說沒關係，但我覺得他一定很不安吧。

我想了好幾次，要是老哥因為我的關係不在了，那該怎麼辦？忘不了老哥醒來的瞬間，他還說了「早安」和「我回來了」。

後來老哥還是很溫柔，他顧慮到我的心情，真的很高興。

跟我相比，老哥堅強多了。

所以才會對他心生嚮往、依賴他，同時也最愛他。

以前是這樣，以後也是。

世上不會再有這麼好的人了。

即使遇上難受的事，他也會當作玩笑，一笑置之。明明是不能笑的事，他卻會為了我、為了大家而笑……

我打從心底喜歡老哥。

想要讓他幸福。

不對，我想和老哥一起往幸福邁進。

老哥，最喜歡你了。

慢慢來就好，請你以後也要和我一起往所謂的皆大歡喜結局邁進。

希望老哥獲得的皆大歡喜的前方，也有我的存在。請你原諒我這一點點任性吧。

不管幾次，我都會說出口。

不管過去還是未來，我都最、最喜歡老哥。

希望我們兄妹的故事……

不對，希望我和老哥的故事，

未來也會一直延續下去。

後記

Jitsuha imouto deshita.

大家好，我是白井ムク，這是《其實繼妹》第三集的後記。

首先想來談談「晶」這個名字的由來。

其實我心中原本就有名字的由來，這次擬定大綱的時候，竹林責任編輯給了「兩人一起看星空」的點子，便決定把由來一起放進故事裡。

漢字的「晶」有「星星的光輝」的意思。

星星會根據仰望夜空的時段、季節與場所有不同的面貌——同樣的，根據場面不同，女主角的表情和舉止都會不斷變化。那讓人覺得可愛，又或者覺得美麗。我覺得那道光芒溫柔照亮身在黑暗當中的人們，非常符合她的形象，所以將她取名為「晶」。

其實在YouTube版中，她的名字是片假名「アキラ（Akira）」。很慶幸當初要推出小說的時候，用了這個漢字。這或許是身為作者的父母心吧，希望她未來依舊是照亮涼太和許多讀者的希望之光。

說到第三集，這次透過家族旅行，深入探討「家人」這個主題。舞台是架空溫泉勝地

「藤見之崎溫泉鄉」。我寫下了在這個地方圍繞著真嶋兄妹的「事件」。

另一個故事也終於在背後醞釀著。

那就是上田陽向和光惺——另一對兄妹的故事。

這一集有提及核心部分，如果還有下一集，希望各位讀者期待上田兄妹會和真嶋兄妹擦出什麼火花。

加諸在涼太身上的「孟德爾定律詛咒」，究竟該怎麼解除呢？

同時，就像童話故事中，公主注定被惡龍抓走一樣，晶的命運又會如何？

還有，真嶋兄妹、上田兄妹，以及各個登場角色的「皆大歡喜結局」又是什麼呢……？

這些我都想寫出來，請各位未來也繼續支持《其實繼妹》。

以下是謝詞。

承襲上一集和上上集，這次也在各方人士的協助和支援下，才有幸推出第三集。

我覺得每次都無言面對竹林責任編輯。感謝您總是如此支持窩囊的我。您往後也是《其實繼妹》組的一員，還請多多指教。

再來是以Fantasia文庫編輯部的各位為首，還有出版業界的各位、販售的店家、書店的店員，與各方相關人士，感謝諸位替第三集出了一份心力，在此致上深深的謝意。

這次也給擔任插畫的千種みのり老師加諸了非常大的負擔。不只晶穿浴衣的模樣，您這次也畫出穿便服的晶、溫泉勝地、水族館，還有星空等非常多場景。由衷感謝您以優越的表現能力，支撐著我拙劣的文章。打從心底祈求您未來有更好的發展，也更加活躍。

此外，以擔任YouTube漫畫的壽帆老師為首，平時就給我溫暖言語的讀者們、繪製粉絲圖的人們、所有幫我宣傳的作家前輩，還有作家朋友們，對各位也是感激涕零。真的非常謝謝各位。

也要感謝第二集發售時，飾演晶聲音的內田真禮小姐，還有製作PV的各位工作人員。也多虧結城カノン老師一直在背後支持。多虧有您，每天的生活才會多彩多姿。真的很感謝。

同時也非常感謝所有支持我的家人。如果沒有大家，我一定寫不出這部作品。謝謝你們總是讓我有快樂的一天。我會為了你們，繼續加油。

最後由衷感謝閱讀到這裡的各位讀者們。同時也衷心祈禱與本作相關的人們幸福美滿。

祝各位每一天都過得開心。

於滋賀縣甲賀市滿懷著愛意。

白井ムク

不時輕聲地以俄語遮羞的鄰座艾莉同學 1~4.5 待續

Kadokawa Fantastic Novels

作者：燦燦SUN　插畫：ももこ

政近中了有希的催眠術而成為溺愛系型男？
描寫學生會成員夏季插曲的外傳短篇集登場！

艾莉進行超辣修行而前往拉麵店，遇到一名意外人物？想讓艾莉穿上可愛的泳裝！解放慾望的瑪夏害得艾莉成為換裝娃娃？又強又美麗的姊姊大人茅咲，與會長統也墜入情網的過程——充滿夏季風情的外傳短篇集繽紛登場！

各 **NT$200~260/HK$67~87**

借給朋友500圓，他竟然拿妹妹來抵債，我到底該如何是好 1~2 待續

Kadokawa Fantastic Novels

作者：としぞう　插畫：雪子

從五百圓開始的夏季戀愛喜劇第二幕！
朱莉的摯友小璃來襲——！

儘管發生了些小意外，求與朱莉之間的同居生活不知為何非常順利。不過朱莉畢竟是位考生。為了幫助想跟求與哥哥就讀同一所大學的她，求決定和她一起去參加校園參觀活動。結果到了當天早上，竟然有一位讓求感到懷念且熟悉的美少女突然來到家裡——！

各 **NT$230~240/HK$77~80**

國家圖書館出版品預行編目資料

其實是繼妹。：總覺得剛來的繼弟很黏我/白井ムク作；楊采儒譯. -- 初版. -- 臺北市：臺灣角川股份有限公司, 2023.08-

冊；　公分. -- (Kadokawa fantastic novels)

譯自：じつは義妹でした。～最近できた義理の弟の距離感がやたら近いわけ～

ISBN 978-626-352-815-4(第3冊：平裝)

861.57　　112009603

Kadokawa
Fantastic
Novels

其實是繼妹。~總覺得剛來的繼弟很黏我~ 3

（原著名：じつは義妹でした。 3 ~最近できた義理の弟の距離感がやたら近いわけ~）

2023年8月9日　初版第1刷發行

作　者：白井ムク
插　畫：千種みのり
譯　者：楊采儒

發行人：岩崎剛人
總編輯：蔡佩芬
編　輯：楊芫青
美術設計：莊捷寧
印　務：李明修（主任）、張加恩（主任）、張凱棋

發行所：台灣角川股份有限公司
地　址：104台北市中山區松江路223號3樓
電　話：（02）2515-3000
傳　真：（02）2515-0033
網　址：www.kadokawa.com.tw
劃撥帳戶：台灣角川股份有限公司
劃撥帳號：19487412
法律顧問：有澤法律事務所
製　版：巨茂科技印刷有限公司
ＩＳＢＮ：978-626-352-815-4